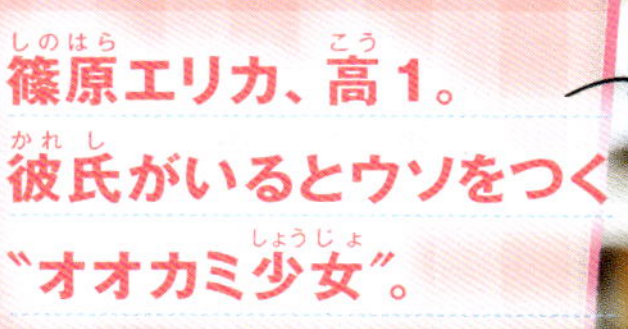

篠原エリカ、高1。
彼氏がいるとウソをつく
“オオカミ少女”。

ひょんなことから、
学校イチの“イケメン王子”が
彼氏のフリをしてくれることに!

でもじつは——
佐田恭也は、ドSの黒王子だった!?

恭也にふりまわされっぱなしの、エリカ。

「おまえは俺の彼女なんだから、
だまって守られてりゃいーんだよ」

「おまえがほしいって言うなら、
買ってやってもいいぜ」

「ほんと？」

「犬の首輪な。散歩用の。」

でも、次第に惹かれていき……。

「なに？
やっぱりどこか調子悪い？」
「ちげーよ。
……ありがとな」

ウソからはじまった恋なのに、
ホンキで好きに
なってしまう──!?

オオカミ少女と黒王子

映画ノベライズ　みらい文庫版

松田朱夏・著
八田鮎子・原作
まなべゆきこ・脚本

集英社みらい文庫

1. オオカミ少女エリカ

どこの学校でも、昼休みの光景というのはだいたい決まっている。
熱心な運動部は昼練をするし、図書室で勉強する子もいるだろう。
美術室で絵をかいたり、音楽室で楽器を弾く人もいるかもしれない。
そういうのがないなら、気の合う者同士が数人ずつかたまって、教室でしゃべっている
のが〝ふつう〟。
ほら、ここ、八田高校一年三組の教室を見わたしても、いくつかの女子の集団が、教室
のあちこちにかたまって、笑いあっている。
マジメでおとなしそうなグループ。アニメや漫画の話で盛りあがるオタク系。それぞれ
話題はちがうし、メンバーのフンイキもちがう。
中でも、窓ぎわでだらだらとしゃべっている四、五人は、髪型もメイクもかなり派手。

いわゆるギャル系とひと目でわかる。

「そんでさぁ、こないだ彼氏んち遊びにいったらさぁ、なんかどっからか変な服だしてきて、〝コスプレしねぇ？〟とか言いだしてぇ」

ポケットミラーをのぞきこみながらマスカラを直している女の子が言った。スマホをいじっていたロングヘア女子が肩をすくめる。

「えーなにそれ、マリンの彼氏アニオタ？」

「ちっがうって！」

教室の端にかたまっていたオタク系女子たちが、イヤそうな顔でちらりとこっちを見たが、マスカラ女子――立花マリンは気にもしない。

「なんかそのアニメ、あいつのまわりで流行ってるらしーんだよね。でもスカート丈めっちゃ短くてさぁ」

「はっ、バカじゃないの！　ほんと男ってすぐそういうのに飛びつくよね」

ロングヘア女子・手塚愛姫が言うと、まわりの女子たちも、ぎゃははは、と笑った。

と、そこへ、後ろに立っていた女の子がいきなり話に割りこんだ。

「えーっ、彼氏かわいそうじゃなーい。そのくらい着てあげればよかったのにー」

なんだかやたら胸を張って言う彼女に、マリンは、べつにおどろくこともなく話をふった。

「えー、なによエリカってば。あんたなら着るわけ」

「あったりまえじゃなーい。愛する彼の言うことだもん。それにやってみれば意外と楽しいもんよ」

エリカ、と呼ばれた女子は、ますます得意気に言う。

「なによ経験済み？　あんたの彼もちょっとヤバいんじゃないの？」

「あらー、彼女にかわいい服着せたいって男のかわいげじゃなーい」

「いや、かわいい服ならいいけどさ」

マリンたちは、ちょっとイラッとした顔を見合わせた。どうやら彼氏への愛を試されていると思ったらしい。

「まー、うちんとこは大人だから？　そんなガキっぽいことしないけどねー。デートっつったら外車でドライブ、夜景の見えるレストランだもん」

彼氏がお金持ちの社会人なのが自慢の手塚に、マリンがニヤリと笑う。

「うちの彼氏、こないだメンズ雑誌の人に『撮っていいですか』って声かけられたんだよ、ほら、普段から個性的なオシャレしてるでしょ」

「なによ、うちなんかさぁ……」

対抗意識丸出しで言いあう彼女たちの横で、エリカのスマホが、ぴろろーん、ぴろろーん、と鳴った。

「あ、ダーリンだ！　ちょっと話してくんね」

エリカはいそいそと教室を出ていった。

ホッとした顔で廊下に出たエリカは、こそこそと女子トイレに入った。中にだれもいないのを確認し、スマホを耳に当てる。
「もしもし、ダーリン？」
『だれがダーリンだ！』

スマホのむこうで怒鳴っているのは――どう聞いても女の声だ。

『毎回毎回、彼氏のフリさせやがって！　うちの学校、放課後までケータイ禁止なんだからね！　人目を盗んで校舎の裏からかけるの、マジ大変なんだから！』

「ごめーん、さんちゃん、ホント感謝してる！」

エリカは見えない相手にぺこぺことあやまった。

『ったくもう！　なんで彼氏がいるなんて、くっだらないウソついてんだか……』

うんざりしたようなため息が聞こえる。

そう――読者のみなさんにはもうおわかりだろう。

この娘――篠原エリカの、さっきの彼氏トークは、全部ウソなのである。

電話の相手は、エリカの中学時代からの親友、三田亜由美。エリカからは、〃三田〃からとって〃さんちゃん〃と呼ばれている。

今はべつの女子校にいっている〃さんちゃん〃こと亜由美にたのみこんで、エリカは、彼氏のフリをしてもらっているのだ。

「しょうがないじゃん！　うちのグループ、話題が彼氏のことばっかりなんだもん……」

『だからって！　恋愛経験ゼロのあんたが話合わせることないでしょーが！』

亜由美はイライラしたようにさけんだ。

そう。エリカには〝今〟彼氏がいないだけではない。

中学のときから――というか、生まれたときからただの一度も、彼氏なんかいたことはない。

彼氏いない歴＝年齢、というやつである。

そもそも、だれか男子のことを真剣に好きになったことすら、まだ一度もないのだった。

「だから、それがそういうわけにはいかないんだって……」

エリカはいつものように言い訳をしようとしたが、そのとき、廊下を大声で話しながらだれかが近づいてくるのに気づいた。

『どうした？』

「ごめん、さんちゃん、また後でかけなおすから！」

エリカはあわてて通話を切り、個室へ飛びこむ。

「あー、あたしも思ったー、エリ彼でしょ？」

「そうそう、超あやしいよね、あれ」

やっぱり、入ってきたのはマリンと手塚だ。

ふたりは洗面台で化粧直しをしながら、まさにエリカのことで盛りあがっている。

「ホントのところ、そんなヤツいるの？　って感じ」

「うんうん、あたしも顔も見たことないもん」

「マリンもかー、あたしも見てない」

「写メとか見せてって言っても、彼氏が写真嫌いだとか言って見せてくんないし、会わせろって言ってもいつも流されるんだよねー」

「さっきの電話だって、ホントはだれから？　って感じじゃね？」

あっはははは、とふたりは笑う。

バレかけている。もう時間の問題だ。

エリカは、個室の中で動けなくなってしまった……。

「もうさー、全部ウソでした、って、正直に白状しちゃえば」

放課後、繁華街のカフェテリアで待ち合わせた亜由美は、落ちこむエリカにそう声をかけた。

「はぁ？　ムリムリムリ！」

今までしょんぼりとうつむいていたエリカは、とつぜん顔をあげて反論する。

「だって、うちのクラスのグループって、もう完璧にかたまっちゃってるんだよ？　今さらほかのグループに入るなんてできないよ……」

「だいたい、なんでそもそも、そんな畑ちがいの人種と仲よくなったのよ。最初っから合わないのわかるでしょ!?」

亜由美のもっともな疑問に、エリカは口をとがらせて言いかえす。

「だって、よそのグループってみんな、同中とか塾仲間とか、すっごい濃い趣味の友だちとか、入れそうな感じがしなかったんだもん。それで、最初にあたしに声かけてくれたのがマリンで……」

亜由美があきれて深々とため息をつく。

「オオカミ少年みたいにならなきゃいいけどね」

「オオカミ少年、って、イソップ童話かなんかの……」

有名な、ウソつき少年の話。

羊飼いの少年が、大人たちがあわてふためくのがおもしろくて、何度も何度も「オオカミがきたぞ」とウソをついていたので、そのうちだれからも信じてもらえなくなる話。

本当にオオカミがきたときも信じてもらえなくて、たしか、飼ってた羊を全部食べられたんだったか、少年自身が食べられたんだったか……。

エリカはますますふくれた。

「べつにあたしはおもしろがってるわけじゃないもん。自分でもバカなことしてるって思ってる。でも、中学のときみたいにさんちゃんいないし……あたし、ぼっちの高校生活なんて死んでもイヤなの！　お弁当食べるのもひとり！　クラスの行事の組み分けでもひとり！　いつも余ってじゃんけんで押しつけあわれるなんて耐えられない！」

そう。いつもクールでしっかり者の亜由美には、エリカみたいな女の子の気持ちはわからないのだ。

エリカは勉強もほどほど。趣味も特になく、顔も――ブスでもないけど、美人とも言えない。運動神経もイマイチだし、手先もそんなに器用じゃない。

ぜーんぶ、ふつう。なんにもない。

ひとりでいる強さがないから――ウソつきになっても、だれかのそばにいるしかない。

「だいたい、さんちゃんが同じ高校にきてくれなかったから……」

「人のせいにしないでよ。それに同じクラスになれるとはかぎらないでしょ」

恨みがましく言うエリカに、亜由美はまたため息をついた。

「……じゃあどうすんの」

「……そうだなぁ……」

エリカは、さっきのマリンと手塚の話を思いだす。

『写メとか見せてって言っても、彼氏が写真嫌いだとか言って見せてくんないし、会わせろって言ってもいつも流されるんだよねー』

マリンはそう言っていた……。

「とりあえず彼氏っぽい写真があれば、なんとかなりそうなんだけど……」

エリカがそうつぶやいたとき。

「ねえ見て、あの人超かっこよくない？」

隣の席にいた、他校の女子たちが、急にざわめいた。

「ほんとだ、マジかっこいー！　なんか芸能人っぽくない？」

カフェの窓の外を見て盛りあがる彼女たちにつられ、エリカと亜由美もそっちを見る。

正面の歩道を、高校生ぐらいの男子がふたり、笑いながら歩いていた。

右側の男子もさわやか系でなかなかいい感じだが、左側の男子がすごい。遠目に見ても素晴らしいイケメンだ。笑顔がまぶしい少女漫画の王子さまだ。私服のセンスもいい。

「あんな彼氏、ほしいよねー」

隣の女の子たちが、きゃあっ、と笑いくずれた。

(本当に、あんな彼氏がいたらなぁ……)

エリカもため息をついてから――はっとひらめいた。

「ちょっと、エリカ、どこいくの!?」

亜由美がとめる間もなく、エリカは店を飛びだす。

小走りに、さっきのふたり組をおいかける。

人ごみにまぎれても、イケメン王子は目立つのですぐに見つかった。エリカはスマホをかまえて彼らに近づく。

気づかれないように、ささささ……と前にまわりこみ、こっそりと……。

パシャ！

思いのほか大きなシャッター音がひびいた。

「……今、撮った？」

イケメンが、おどろいたような顔で、まっすぐにエリカを見ている。

（しまった……真正面から……！）

横顔とかをこっそり狙うつもりが、完全にタイミングが合ってしまった。

「えっと、きみ……」

「あーっ、あれ、あれ、なんだろう！」

とつぜん、うしろでだれかがさけんだ。後をおいかけてきた亜由美だ。必死に空を指さしている。

イケメンの連れだった男子も、つられて、なになに？　とキョロキョロしている。

「……？」

ふたりに気を取られ、イケメンもうっかり空を見あげた。

「エリカっ！」

亜由美の手がエリカの腕をつかんだ。走りだした彼女にひきずられるようにしてその場を逃げだす。

繁華街の人ごみの中をじぐざぐに走り抜け、大きな交差点を赤信号ぎりぎりで渡りきる。

息を切らしてふりかえったが、ふたりはついてきていないようだ。

「バカ！　なにやってんのよ！　盗撮は犯罪だよ!?」

亜由美に怒鳴られたが、エリカはスマホを見つめて、にんまりと笑う。

「……でも、これで、彼氏ができた……」

そこには——ばっちりカメラ目線の、イケメン王子が写っていた。

2. オオカミ少女、飼い犬になる

「えー、マジでこれ、エリ彼？」

次の日。エリカは教室で、例の盗撮写真をマリンたちに堂々と見せていた。

「めっちゃイケメンじゃん」

手塚がちょっとくやしそうに言う。

「でしょ〜！　こんな人があたしの彼氏なんて、たまに夢じゃないかと思うもん」

エリカはまた、ムダに胸を張って言う。

「これ撮らせてもらうの、ちょー大変だったんだから。ほら、基本的に、写真嫌いで、絶対ダメってヤツだからさー」

女の子たちの手から手へ、エリカのスマホがまわされていく。だが、手塚は、うーん、と首をかしげた。

「でもこの人、どっかで見たことある気がすんだけど」

「え？　ま、まさかぁ……」

さあっ、とエリカの顔から血の気がひいた。もしやエリカが知らないだけで、芸能人とかモデルとかだったのか。あるいは手塚の個人的な知り合い……。

「あ――っ！」

手塚は、ぱーん、と手をうった。

「わかった！　八組の、佐田恭也だ!!」

(な、なんだってー!?)

エリカは倒れそうになった。

「八組って、一年八組？　マジで？　こんなイケメンいんの？　うちのガッコに？」

マリンが身をのりだす。

「八組って隣の棟だから、あんまり顔合わせないもんね」

「えー、見たい見たい！　エリカ紹介してよ！」

マリンがエリカの腕をひいて教室からひっぱりだそうとする。

「ちょ、いや、待って、それは……」

「なによケチ。じゃああたしらだけで見にいこう」

「あ、ちょ……やめてダメ！」

バタバタと廊下へ走りだしたマリンと手塚をおって、エリカもついていくしかなかった。

「ねぇ、待って、マジあたしが怒られるから、やめてよぉ」

どんなに抗議しても、ずんずんいくふたりは気にもとめない。

渡り廊下を通り、階段を上り、一年八組の教室へたどりついたころには、エリカはもう祈るような気持ちだった。

（どうかいませんように。手塚のカンチガイでありますように……！）

教室うしろの入り口から中をうかがう手塚たちのうしろで、ひとり立ちつくし手を合わせる。

だが――その祈りは届かなかった。

「うちのクラスに、なにか用？」

うしろから声をかけられ、ふりかえったエリカの前に立っていたのは。

まぎれもなく、昨日のあのイケメン王子だったのだ――……。

「…………!?」

絶句しているエリカを見て、王子のほうも、あ、と気がついたらしい。

「……あ、昨日の盗……」

「あっ、やだ！　そうなの！」

エリカは大あわてで、盗撮、と言いかけた王子をさえぎる。

「やだ昨日の、そうなの、昨日のあれ、わかったから、あの、昨日のね、だからちょっと、ちょっときてーっ！」

エリカは夢中で王子――佐田恭也の腕をつかむと、ぼうぜんとしている手塚やマリンたちを置いて、全速力で走りだした。


「ご、ごめんなさい……すいません、いきなりこんなことして……」

誰もいないプールのそばまでやってきて、エリカは息を切らしながら頭をさげた。

「えーと……まあ」

恭也も肩で息をしていたが、にっこりとほほえむ。

「なんかワケありなんでしょ？　俺でよかったら、話ぐらい聞くよ？」

「え……」

エリカはおどろいて、恭也を見あげる。

なんだかキラキラと光って見えるような気がした。

（なんてやさしいの……本当に王子さまみたい……）

完璧なのはルックスだけじゃないんだ、とエリカは感動する。

（この人ならもしかして、あたしのピンチを救ってくれるかもしれない……）

そう信じて――エリカは恭也に〝本当のこと〟を話し始めた。

「じ……じつは……あたし……」

「なるほどね。話はだいたいわかったよ」

プールサイドの水道にもたれかかり、エリカの話を聞いていた恭也は、うん、とうなずいた。

エリカは恥ずかしくて顔をあげられない。

考えてみたら、ほぼ初対面の女子にこんな話されても困るに決まっている。

きっとひかれただろうな……と、ちらりと横を見ると。

恭也は、エリカを見て、にっこり、とほほえんだ。

「いいよ」

「え……？」

「ようするに、彼氏のフリをすればいいんだよね？」

「え？　ほんとに？」

一瞬信じられず、二度も聞きかえしてしまったエリカに、恭也はあいかわらずの王子さまスマイルでうなずいた。

（……神さま！　こんなに慈悲深い人が存在するなんて！）

「ありがとうございます！」

思わず立ちあがり、バンザイをするエリカの耳に次に聞こえてきたのは——信じられない言葉だった。

「……じゃあ、まずは三回まわってお手、からの、ワン！　だな」

「……はあ？」

びっくりしてふりかえる。

恭也は笑っていた。

だが——それはさっきまでのさわやかスマイルではない。

まるで悪魔のような、真っ黒な笑い。

「はあ？　じゃねーよ」

声も、一段トーンが低くなっている。

「もしかして、タダでこんなメンドクセーこと、引きうけてもらえると思ってる？　おまえが俺の犬になるなら、くだらねー茶番に付き合ってやってもいいっつってんの」

「俺の犬……って」

なにそれ。

エリカは、言われていることの意味がとっさにわからず、頭の中が真っ白になってしまった。

っていうかこの人、さっきまでとフンイキも、表情も、しゃべり方も、ちがいすぎる。

恭也は、フッ、と笑うと、遠くを見つめながらつぶやいた。

「……俺、犬が大好きなんだよね。アイツらってけなげじゃん。『待て』っつったら、ずっと待ってるし。どんだけ冷たくされても、真っ黒な目うるうるさせて、ご主人さまの言いつけ守っちゃって。あの瞳がゾクゾクするほどかわいいんだよな」

エリカは――ぞっとした。

(ゆがんでる。この人、ゆがんでる……)

思わず一歩さがったエリカに、恭也はまた、にんまりと笑う。

「イヤならべつにいいけどね。でも――俺がうっかり、本当のことだれかにしゃべっちゃったらゴメンね？　ウソつき〝オオカミ少女〟さん」

「…………！」

そうだった。エリカはこいつに、完全に弱みをにぎられてしまったのだ。

しかも、自分からホイホイしゃべってしまったのだ。

もしも——もしも本当のことが、マリンたちにバレたら。

『このほら吹きが！』

『あんた今日からハブ決定ね！』

みんなの軽蔑したような顔が目に浮かぶ。

そんなことになったら、あのグループだけじゃない。きっとクラスのどこにも居場所なんかなくなるだろう。

ほかのクラスメートたちからだって、ひそひそされるに決まっている。

「ううう……」

選べる道は、ない。

エリカはしかたなく、その場でくるくるくると三回まわった。そして、ワン！　と一声鳴いて、恭也がさしだした手に片手をのせた。

「……これでよろしいでしょうか」

恭也は、ぷっ、とふきだす。

「……ま、頭悪そうなのが難点だけど、いいヒマつぶしにはなりそうだな」

「……ヒマつぶし……？」

ムッとしてにらみつけたエリカを気にもとめず、恭也は彼女にくるりと背をむけた。

「せいぜいかわいがってやるよ。ポチ」

ちらりと肩ごしにそう言って、楽しそうに歩き去っていく。

「――――……!!」

今さらくやしがっても、後悔しても、もう遅い。

こうして、オオカミ少女は、性格真っ黒な王子さまの、飼い犬になってしまった……。

3．だまって守られていればいい

「ふーん、そんなクソ男だったんだ。見た目はさわやかな王子さまみたいだったけどねー」

亜由美が、ハンバーグのタネをこねながら言う。

「みんなそれでだまされるんだよ！　とんだ詐欺師だよね！」

それを隣で手伝いながら、エリカはさけんだ。

「あんたがそれ言える立場なの、〝オオカミ少女〟さん」

ここは亜由美の家のリビングだ。親友にいろいろぶちまけようと、学校からまっすぐ転がりこんできたエリカだが、やりこめられて言葉に詰まる。

リビングの大きな液晶テレビの前では、まだ小学生の亜由美の弟ふたりが、ゲーム機のコントローラーを奪いあってケンカしていた。

「まこと！　わたる！　ケンカするならゲーム取りあげるよ！」

「だってねぇちゃん、わたるが！」

「順番にしろって言ってるでしょ！」

弟たちに注意しながら、亜由美はどんどんハンバーグの形をつくっていく。仕事で忙しい両親のかわりにいつも家事をしているので、手つきはベテラン主婦のようだ。

「っていうかさ、エリカ。本当ならもっと感謝すべきだと思うけど？　たとえ二重人格の黒王子でも、あんたのしょーもないウソに付き合ってくれるっていうんだからさ」

「してるよ、感謝してますよ」

エリカはふくれた。

「でも、リアルに三回まわってワン！　ってやらされてみ？　人選まちがえた、って後悔先にきちゃうでしょ」

「……人選、って……あんたに選択権、あったっけ？」

「……ないけど」

亜由美はフライパンを準備しながら続ける。

「もうしょうがないいんじゃない？　ほかに道ないいんだからさ。犬にでもなんでもなるしか」

「……さんちゃん、もしかして、彼氏役から解放されて喜んでる？」

「バレたか」

亜由美はおもしろそうに笑った。

「ま、むこうがきっちり彼氏役やってくれるかで判断するしかないわね」

「うー……」

エリカはダイニングテーブルに顔をふせた。

（……でも、さんちゃんの言うとおりだよなぁ……）

今まで彼女にはさんざん迷惑かけたし、今回のことは自業自得。

あとは――あの黒王子を信じるしかない、のだ。

♔

四時間目の終わりを告げるチャイムが鳴るのとほぼ同時に、エリカのスマホからLINEの着信音がひびく。

げんなりした顔で画面を確認すると、やっぱり相手は恭也だった。

【食堂集合。コーラ買ってこい。ダッシュでな】

大あわてで机に教科書をしまう。

今日からエリカは彼の犬。飼い犬は飼い主に逆らえない。

「エリカ〜、昼、どうする？」

マリンが声をかけてきたが、笑ってごまかす。

「ごめーん、ちょっとダーリンに呼ばれちゃって……」

言いながら教室を飛びだした。

一直線に学食に走る。途中の自販機で、言われたとおりコーラと、ついでに自分用にもオレンジジュースのペットボトルを買う。

息を切らしながら学食にかけこむと、窓ぎわの席に恭也が座っていた。スマホで時間を確認している。まずい。

「あの……これ」

うしろから近づいて声をかけると、恭也は不機嫌そうにふりかえった。

「遅い。俺を待たせるなんて何様のつもりだよ」

これでもけっこう急いだんですけど、と言いたいのをグッとこらえる。

「……ごめん。はい」

テーブルに、二本のペットボトルを置くと、なぜか恭也は、さっとオレンジジュースのほうを取ってしまった。

「あ、そっちあたしの……」

「ん？　なにか言った？」

「……なんでもないです」

（あんたコーラって言ったじゃん……）

ふくれるエリカに、恭也はあごで隣の席を示した。座れということらしい。

しぶしぶ腰をおろし、しかたなくコーラのふたに手を掛ける。

「ぎゃっ」

ふたをゆるめたとたん、ブシュー、と泡があふれだした。あわてるエリカを見て、恭也はプッ、と吹きだす。

「あっ、もしかしてわざと!?」

恭也の顔は、いたずらが成功した悪ガキのようだ。

炭酸を持って走ればこうなるに決まってる。だから、わざとコーラを買わせたし、そのくせ自分はそれを取らなかったのか！

どこまで性格悪いんだ、と思ったが、あまりに幼稚な気もして、エリカはため息をついた。だまってコーラがこぼれたテーブルをティッシュで拭きとる。

「あー、エリカとエリ彼、発見！」

そこへひびいたのは、マリンの声だった。

あわててふりかえると、マリンと手塚がニヤニヤ笑いながら近づいてくるところだ。

「なーんか、急に一緒にランチとか、見せつけてくれるねぇ」

言いながら、ふたりはエリカたちの向かいの席に座った。

「いや、あの、もうバレたし、いっかなって……」

あせりながらエリカは隣の恭也を見た。恭也はにっこりと笑う。

「エリカの友だち？」

どうやらちゃんと〝彼氏の演技〟はしてくれるらしい。

「そ、そうなの、ほらあの、いつも話してる、こっちがマリンで、こっちが手塚……」

「ああ、あの……」

恭也はふたりにむきなおった。

「はじめまして、佐田恭也です。エリカがいつもお世話になってます」

完璧な笑顔だった。

「うわー、超サワヤカ！　王子さまスマイル全開！」

「こんなイケメンがねぇ。そりゃ隠したくもなるわ」

マリンと手塚は、からかうようにエリカをのぞきこんでくる。

「で、でしょ……？」

エリカは、ホッと胸をなでおろした。

だが。

マリンと手塚は、顔を見合わせてニヤリと笑うと、今度は恭也のほうに身をのりだした。

「ねえねえ、佐田王子～？　コスプレ大好きってホントですかぁ？」

マリンの大声に、学食中の視線が集まる。

「……はい？」

面食らった顔の恭也が聞きかえす。エリカは冷や汗がふきだすのを感じた。

「だってぇ、エリカ言ってたよぉ？　アニキャラの服とか着せられるって」

「佐田くん、見かけは王子さまみたいなのに、意外とオタクっぽいとこあるんですね～」

「！」

食堂がザワザワし始める。女子たちの「ええ～っ？」というガッカリした声。男子の笑い声。

エリカは耐えきれずに立ちあがった。

自分のウソのせいで自分が困るのはしかたがないけど、恭也がまわりに変な誤解をされるのはダメだ。さすがにそこまではさせられない。

「ち、ちがうの、その話は、その話は全部……」

ウソなの、と言いかけたエリカをさえぎったのは——ほかならぬ恭也だった。

「そうだね、好きかな」

ひぇーっ、と笑い声をあげかけたマリンの口元を、恭也はぎゅっとつまみあげた。

「……今度一緒にやってみる？」

目が笑っていない。マリンは絶句して、あわてて首を横にふった。

恭也はマリンを軽くつきとばすようにしてはなすと、シーンと静まりかえった学食をぐるりと見わたした。そして、いつものさわやかな笑顔と声で言った。

「みなさん、お食事中失礼しました」

ホッとしたように、まわりから笑い声が聞こえる。

「ああ、冗談だったの？」

「そうそう、アニメと言えばさぁ……」

空気がほどけて、みんな自分たちのおしゃべりにもどっていった。恭也は、それを確認すると、いきなりエリカの手をつかんだ。

「いくぞ」

「えっ？」

まだかたまっているマリンと手塚を無視し、恭也はエリカの手をひいて、学食から出ていく。

「ちょ、ちょっと……佐田くん……」

廊下に出ても、恭也はエリカの手をはなさない。

「佐田くん、もういいよ、手……」

急に恥ずかしくなってきて、エリカは言った。

「ダメ——もう少しこのまま」

「えっ……」

びっくりするエリカに、恭也はふりむかずに小声で言った。

「まだオトモダチが見てる——今はなすのも不自然だろ」

エリカが肩ごしにうしろを見ると、たしかに、学食の扉の陰で、まだマリンと手塚がこちらを見つめていた。

「そ、そっか……そうだね」

エリカは、なんだか顔がほてるのを感じる。

（なんか……意外と徹底的にやってくれるよね……面倒くさいとか言ってたわりに……）

さっきからかってきたマリンに怒ったときも――まるで本当の彼氏みたいだった……。

結局、ぎゅっと手をつないだまま、ふたりは校舎をどんどん歩いて、人気のない中庭までやってきた。

「この辺で大丈夫だろ」

まわりを確認しながら、恭也はやっと手をはなしてくれた。

「う、うん」

エリカはうつむいて、さっきまでつないでいた自分の右手を見つめる。

初めてにぎった、男の子の手。

大きくて――指が長くて――女の子の手とぜんぜんちがう……。

「あ、あの、ごめんね」

気を取りなおして、エリカは恭也に頭をさげた。

「あたしのせいで、佐田くんに変なウワサたったりしたら……」

「べつにいいよ、そんなんどーでも」

恭也は本当に気のなさそうな声で言った。

「いや、でもさ……みんな見てたし……」

「うるせーな」

恭也は、いきなりエリカのおでこを軽く指ではじいた。

「いたっ」

顔をしかめておでこを押さえたエリカに、恭也は言った。

「おまえは俺の彼女なんだから、だまって守られてりゃいーんだよ」

「……！」

俺の、彼女。

エリカはおどろいて、言葉を失う。

そうだけど。そういう約束だったけど。

でも――ここまでしてくれるって……。

「あと――〝佐田くん〟じゃなくて、〝恭也〟な」

「……うん、わかった！」

もしかして、この人、やっぱり王子さまなのかも……と、エリカが一瞬思いかけたとき。

恭也は、また、あの黒い笑みを浮かべた。

「これでおまえ、完全に俺に頭あがんねーな」

「……！」

前言撤回。やっぱり、やっぱりこいつは、真っ黒黒王子だ！

4. 恭也くんの友だち

それでも――黒王子はちゃんと、人の見ている前では完璧な〝彼氏〟の役を演じてくれるのだった。

放課後は毎日、棟のちがう三組の教室まで迎えにきてくれる。

ならんで廊下を歩くだけで、そりゃあもう、まわりの女子のうらやましそうな視線が刺さりまくる。

放課後、急に雨が降りだしても大丈夫。優等生の恭也はちゃんと傘を持っていて、エリカにさしかけてくれる。

みんなの見ている中、ふたりは堂々と相合い傘で帰る。

やさしくて、甘い笑顔がまぶしい。

なんて完璧な王子さま。

(……なんだけどさ……ほんと、人が見てる間だけ、なんだよね……)

校門を出て、角を曲がって、同じ学校の生徒がまわりにいなくなったとたん、恭也の態度は一変する。

「おら」

傘を持つ係は当然押しつけられ。

「おい、ぬれてんだろ。もっとこっちかたむけろよ」

自分の肩を指さしながら、しかめ面で命令してくる。

「あたしのほうもギリギリなんですけど」

折りたたみ傘はそんなに大きくないので、もともとふたりで入るのには無理があるのだ。

「あー、そう。べつに俺はいいんだけどね。この役おりても」

「……すいません」

エリカが傘をかたむけると、恭也は満足そうに笑った。

「うん。やっぱり犬はお利口じゃなきゃな」

くっそぉ。ほめられてもぜんぜんうれしくない。

雨が急に強くなってきた。完全に傘からはみだしたエリカは、もうびしょぬれだ。

それでも、エリカは恭也に傘をさしかけるのをやめなかった。

半分は意地だったし、半分は、本当に悪いと思っていたのもある。

だって、考えてみたらこの傘は、もともと恭也のものだから。

エリカがこんなことに巻きこまなければ、恭也はぬれずにこの傘をひとりで使えたわけで……。

「……おい。走るぞ」

だから、とつぜん恭也が傘から抜けだして走りだしたときは、わけがわからなかった。

「ちょ、どこいくの、ねえ！」

「いいからついてこい。犬には散歩が必要だからな！」

雨の中を走っていく恭也の背中をおいかけ、エリカも走りだした。

恭也がかけこんだのは、街の喫茶店だった。チェーン店ではなく個人でやっているらしい、ちょっとオシャレなカフェだ。

（…………？）

雨宿りするなら、手前にコンビニもあったのに。恭也は慣れた手つきで入り口のドアをあけ、中に入っていく。

（……よくくる店なのかな？）

なんだかわからないまま、エリカも店の中に入った。

「いらっしゃい」

中はがらんとしていて、ほかにお客さんはいない。店のエプロンをしたエリカたちと同い年ぐらいの男の子が、笑いながらふたりを出迎えた。

「よう、健」

恭也は親しそうに、その男子に片手をあげた。

「恭也じゃん、どしたのこんな時間に――って、やっべえ、おまえずぶぬれじゃん」

どうやら、健、と呼ばれたこの男子は恭也の知り合いらしい。すぐに奥へひっこむと、バスタオルを二枚持ってもどってきた。

「はい。もしかして、恭也の彼女？」

バスタオルをさしだしながら、健がたずねる。エリカは答えに詰まった。

「あ、いえ……えーと」

「おどろいたなー、恭也がうちの店に彼女つれてくるなんて」

健は、エリカのとまどった顔にも、恭也のしかめ面にもまるで気づいていない様子で明るく笑った。親しげに恭也を指さし、エリカに話しかけてくる。

「こいつ、余計なこと言うし、かわいくねーでしょ。まあそこがおもしれーんだけどさ」

「うるせぇ、おまえ、親父さんどうしたんだよ」

イヤそうな顔で恭也が割りこんできた。しっかりタオルは使っている。

「今買い出しいってるんだよ」

「だったらおまえが店ちゃんとやらなきゃダメだろ」

ここは、健の父親の店らしい。あっははは、と健はまた笑った。

「かたいこと言うなって。お客きたらちゃんとすっから」

「昔っから、いいかげんすぎんだよおまえは」

そういう恭也も、けっこう楽しそうだ。

「あの……恭也くんのお友だち、なんですね」

エリカがたずねると、健はニカッと笑う。

「おう、中学んときからのな」

その顔を見て、エリカは思いだした。

（あ……この人もしかして……）

最初にエリカが恭也を見つけたとき——そう、あの写真を撮った、あのとき。

恭也と一緒に街を歩いていた人、ではないだろうか。

そうだ。まちがいない。

ふたりはあのときも、こんなふうに親しそうに笑いあっていて——そのときの恭也の笑顔がとても素敵だったから。

だから——エリカは、自分の〝彼氏〟にしようと思ったのだ。

（恭也くんにも、男の子の友だちがいたんだ……）

学校では男子とつるんでいるのをまったく見たことがない。

健と話しているときの恭也は、女子に見せる真っ白王子でも、エリカに見せる真っ黒王子でもなく、年相応の男の子のように見えた。

「ふふっ」

思わず笑ってしまうと、恭也が顔をしかめる。

「……なんだよ」

「いや、なんか……仲いいんだなーって思って」

恭也が口をひらく前に、健がうなずいた。

「こいつ、両親別居中で、姉ちゃんも母ちゃんと神戸にいるだろ？　一緒に住んでる親父さんも仕事忙しくて、ほとんどひとり暮らし状態だからよ。今でもよく、うちの店にメシ食いにくるのよ」

「へえ……」

エリカはおどろいた。そんなこと、初めて聞いた。

だが、どうやら恭也にとっては、それは聞かれたくない話だったらしい。あからさまに不機嫌になって、健につっかかる。

「うるせぇ。余計なことべらべらしゃべんな」

ちょうどそこで店のドアがひらき、お客さんが入ってきた。健は恭也に、ごめんごめーん、と軽くあやまると、さっさとカウンターのほうへ歩いていく。

恭也は、じろりとエリカをにらみつけた。

「……おまえ、俺の傘やるから、もう帰れ」

「え？」

「うざいから失せろっつってんの！」

また黒王子にもどってしまった。

「……わかりました！」

ムッとしながら店を出る。お言葉に甘えて、外の傘立てから恭也の傘を抜いた。

「…………」

それをさして、歩道へ歩きだしながら。

でも——どうしてだろう。

エリカは少しだけ……楽しい気持ちになっていた。

『しっかし、エリカもよくやるわ』

スマホのむこうから、亜由美のため息が聞こえる。

「どういう意味よ」

エリカは自分の部屋で、部屋着に着替えてベッドに寝転がっている。亜由美は今日も、夕飯をつくりながら電話しているようだ。カチャカチャ、じゅうじゅう、と、料理をしている音がまじる。

『フツーの神経なら、とっくに耐えられないでしょそれ』

「だって、さんちゃんだって言ったじゃん！　ほかの道はないって……」

『言ったけどさぁ。まああのときは半分冗談のつもりだったし』

「……ひっど」

『ごめんて。でもさぁ、マジメな話、もっと前向きに考えたら？　たとえば……いっそ、本当の彼氏、つくっちゃえば？　そしたらそんな性格最悪の黒王子ともお別れできるし』

「かんたんに言わないでよ！」

やっぱりおもしろがっているのではないだろうか。エリカはまたふくれて言いかえす。

「そんなことできればとっくになんとかなってるよ！」

だが、亜由美はいたってマジメなようだった。

『そうかなぁ。エリカはあたしとちがって共学なんだから、近くにいい感じの男の子いるかもよ？　単に気づいてないだけで。もっと恋愛を意識してまわりを見てみたら？　案外おんなじクラスにいたりして』

「……恋愛を、意識？」

エリカが聞きかえしたとき、電話のむこうで、ガッチャーン、となにかが割れる音がした。

『こらーっ!!』

どうやら亜由美の弟たちが、またなにか悪さをしたらしい。

『ごめん、切るわ。とにかくがんばって』

そう言って、電話は切れた。

「恋愛を意識、ねぇ……」

そう言われてみれば、高校に入学してから、女子の人間関係のことばかりに気を取られて、男子のことなんか見ていなかったかもしれない。

エリカはスマホをにぎりしめたまま、うん、とうなずいた。

5．彼氏候補、あらわる!?

「……とは言ったものの……」

次の日の放課後。掃除当番のエリカは、ほうきで床を掃きながらひとりつぶやいた。

「ピンとくる人なんて、なかなかいないよな……」

亜由美に言われたとおり、今日は朝からずっと、クラスメートの男子たちを観察してみた。でも、どれもなんだか……イマイチ。

美少女漫画を夢中で読んでるヤツ。いかにもチャラそうな金髪男。朝からひたすらなにかを食べてる太った少年。

（……どうしても恭也くんと比べちゃうんだよね……）

そりゃ、じっくり話せば、性格のいい男子もいるんだろうけど。

そんなきっかけもないし。

うーん、と首をひねっていると。

「篠原さん」

急にだれかに名前を呼ばれて、エリカははっと顔をあげた。

教室の入り口に、知らない女子が三人、なんだかこわい顔で立っている。そのうちのひとりが、エリカをにらみつけながら、不機嫌そうな声で言った。

「ちょっと、話があるんだけど」

くいっ、と、あごをあげて、廊下のむこうを示す。ついてこいということらしい。

「……！」

これは、もしかして。

漫画でよく見るあれではなかろうか……。

「佐田くんと付き合ってるって聞いたけど、ホント？」

（やっぱりそれかぁ……）

渡り廊下につれてこられて、三人にかこまれながら、エリカはゲンナリした顔でうなずく。

「……まあ、一応」

「信じられない。なんでそんなことになってんの」

「……な、なりゆきで？」

そうとしか言いようがない。っていうか、本当は付き合ってない。

しかし、もちろんそれを言うわけにはいかないわけで……。

女子三人は、眉をつりあげて口々にエリカを責め立てる。

「佐田くんはみんなのアイドルなの！」

「手は出さず、観賞だけしようねってそういうルールなの！」

「はぁ？」

知らんがな、とエリカはムッとする。恭也と同じクラスやそのまわりの女子で勝手につくったルールなのかもしれないが、そんなことを押しつけてこられても困る。

「そんなの……ぶつかる勇気のない人の言い訳じゃん」

「なんですって？」

図星を指されてキレたのか、三人のうちのひとりが、ドン、とエリカの肩を押した。

うしろによろけたエリカはあやうく壁にぶつかりそうになる。

「ちょ、あぶな……」

「うるさいっ！　とにかくうちらの王子をかえせっ！」

髪をつかまれそうになった――そのとき。

「いいかげんにしなよ、きみたち」

男の子の声がした。恭也ファンの女子たちがびっくりしてふりかえる。

「神谷くん！」

神谷、と呼ばれた男子は、ほほえみながら近づいてきた。

「そんなに怒っちゃ、せっかくの美人が台無しだよ？　第一、三対一なんてちょっとズルくない？」

エリカは目を見張った。

（うわ……カッコイイ……）

三人組が〝くん〟づけで呼んでいるということは、彼も一年生なのだろうか。恭也よりちょっと軽い感じだが、見おとりしないイケメンだ。

「な……なによ……神谷くんには関係ないじゃない……」

恭也ファンとはいえ、やはりみんなイケメンにに弱いのか、急に三人のテンションがさがる。

「うーん、関係ないけど。でも俺、こう見えても正義感は強いほうなんだよね」

「…………」

三人は顔を見合わせる。

「……ねえ、もういいじゃん、今日は……」

ひとりが気がそがれたようにそう言うと、もうひとりもうなずいて、バツが悪そうに足早に去っていく。

「待ってよ、ちょっと！」

最後のひとりも後をおっていなくなり、そこにはエリカと、神谷だけが残された。

「……大丈夫？」

神谷は、ちょっとぼうぜんとしているエリカに、そう言ってほほえみかけた。

「……はい、あの、ありがとうございます。助かりました」

「いやいや、たまたま通りかかっちゃっただけだから」

エリカが顔をあげるのを待って、神谷はいたずらっぽく言った。

「……っていうのはウソ」

「え？」

「……じつは俺、前から気になってたんだ。篠原さんのこと」

「え……？」

思いもかけないことを言われて、エリカはおどろく。

「ど、どうしてあたしの名前を？」

「最近よく八組にくるでしょ」

神谷はにこにこと笑う。

「神谷くんも八組なの？」

「そう。目に入ってなかったかな」

「いや……そんなことは……」

エリカはちょっと目をそらしながら言う。八組にいくときはだいたい恭也の使いっ走りをさせられているときなので、まわりのことがよく見えていなかった。

「なんか感じいいなーと思って。よかったら友だちになってくれないかな」

神谷は――そう言ってスマホをさしだした。

【日曜日、空いてる？】

【うん、空いてるけど】

スマホのＬＩＮＥ画面を見つめながら、エリカはニヤニヤ笑いがとまらない。

トークの相手はもちろん神谷だった。昨日、連絡先を交換したのだ。

【じゃあ俺とどっかいかない？】

（!!）

これは、デートのさそい!?

エリカはマッハの速さで返信をうつ。

【いく！】

【OK！　じゃあ13時に原宿駅前で待ってる】

【わかった！】

なにかかわいいスタンプを……と一瞬迷っていたその間に、ぬうっ、とうしろから伸びた手が、エリカのスマホを取りあげた。

「ちょ……あっ！」

ふりかえると、ものすごく不機嫌そうな顔をした恭也が、スマホの画面を見つめている。

（しまったー！）

ここが学食であることも、恭也と待ち合わせていたことも、最初の神谷からのLINE着信で全部ふっとんでしまっていた。

「……この〝神谷くん〟ってのは、俺のクラスの神谷望か」

「そ、そうだけど、勝手に見ないでよ、かえして！」

立ちあがろうとしたが恭也に頭を押さえつけられた。じたばたしているうちに、恭也は器用にもう片方の手で、エリカのスマホになにか操作をしている。

「なにして……あー！」

投げかえされたスマホを確認して、エリカはさけんだ。

「ＬＩＮＥアプリ消えてる！」

どこにも見当たらない。完全に削除されてしまった。

「なんでこんな勝手なことすんのよ！」

「俺以外の男にしっぽふってんじゃねーよ！」

「し、しっぽって……」

恭也は、エリカをにらみつける。

「今後いっさい、神谷に関わるな。日曜も行くなよ！」

きつい口調で言い捨てると、すたすたと食堂から出て行く。

「ちょ……待ってよ！」

人目を気にしながら、エリカは恭也をおいかけた。早足で歩く恭也においつき、おいすがりながら小声で抗議する。

「ねぇ、なんで？　いいじゃんべつに。あたしの勝手でしょ？　恭也くんは本物の彼氏じゃないんだから、浮気でもなんでもないじゃん……！」

「は？」

恭也は悪魔のような顔でふりかえる。

「おまえ、自分の立場、忘れてねーか」

「……え」

「おまえは犬で、俺はご主人さま。おまえに拒否権なんてねーんだよ」

「…………」

それは、これからの学校生活、恭也の気に入らないことはなにひとつしてはいけない、ということなのか？

エリカはくちびるをかみしめた。恭也はニヤリと笑う。

「それともなに？　今ここで、俺は偽彼氏だってバラされたい？」

恭也があごでしゃくってみせた先には、また、こっちを興味津々で見ている手塚とマリンの姿があった。さっき学食で揉めていたのを見られていたのかもしれない。

「……わかりました。日曜、いきません」

エリカはしおらしくうつむく。恭也は満足そうに笑った。

「よし、いい子だ」

本当に犬をほめるような口調で言いながら、さっさと先を歩きだす。

「今日は購買でパンの気分だな、なあポチ？」

肩ごしにふりかえって言う恭也に、わかりました、と返事をしながら。

エリカは——にやり、と笑った。

（なーんちゃって……！　そんなにかんたんにあきらめられるわけないじゃない！）

6. あこがれのデート

「ごめーん、遅れて！」

日曜日の十三時。原宿駅前。

神谷が笑いながらかけよってくる。

「待った？」

「ううん、今きたところ！」

本当は十分以上前から期待に胸をふくらませて待っていたが、そんなことはちらりとも見せず、エリカはにっこり笑った。

(本物の彼氏ができる絶好のチャンスをのがしてたまるものか！)

「じゃあ行こうか！　エリカちゃん、どこか行きたいところある？」

「え……と、あたし原宿はあんまり詳しくないから……」

「そう？　じゃあ、とりあえず店でも見てまわろっか」

神谷は歩きだしながら、エリカに言う。

「その服、超カワイイね」

「え、あ、そう？」

男の子にそんなことを言われたのは初めてだった。エリカは舞いあがりそうになる。

（この胸のトキメキ……これって……恋の予感？）

そう――考えてみれば、男の子とふたりきりで出かけるのも初めて。

なにしろ、恭也とは、学校の友だちが見ている間だけの契約なのだから。

エリカは、うっとりと隣を歩く神谷の横顔を見あげる。

（そうよ……これがデートってものじゃない？）

そう――それは、いろんな漫画やテレビドラマで見た、幸せなカップルの日曜日そのものだった。

かわいい雑貨店やオシャレなショップを見てまわったり、雑誌に載っていたカフェで、いちごのいっぱいのったパンケーキを一緒に食べたり。

それからボウリングに行って、下手くそだなぁ、って言われてちょっとふくれたり。こうやって投げてみなよ、ってフォームを直してもらったり。

（そう——これ！　これよ！）

全部、どこかで一度は見た、定番の高校生デート！

楽しい。楽しすぎる。

神谷も申し分のないイケメンで、しかもどこかのだれかとちがって性格もいい。

エリカを気づかって、歩幅も合わせてくれるし。なにが食べたい？　どこへ行きたい？　って聞いてもくれる。

恭也の隣を歩いているときは、自分はみじめな犬だけど、神谷の隣ならお姫さまになれる。

（ついに——あたしにもキタ!?　本当の恋！）

やがて西の空は赤く染まって、街には灯がともり始める。

フワフワと雲の上を歩いているようなデートもおしまい。

エリカの家のもより駅までわざわざ送ってくれた神谷に、エリカは名残惜しく、ぺこりと頭をさげた。

「送ってくれてありがとう」

「どういたしまして」

神谷はほほえむ。

「エリカちゃん、楽しかった？」

そうたずねられ、エリカは弾むように答える。

「もちろん！　すごく楽しかった！」

「よかった」

神谷は、一呼吸置いてから、あのさ、と切りだした。

「いっこ聞いていい？」

「……？」

「エリカちゃん、佐田くんと付き合ってるんだよね？」

ひどく残念そうな口調だった。エリカは言葉につまる。

「え……あの……」

「すごく残念だよ。相手が佐田くんじゃ、俺なんかぜんぜん勝ち目ないよね」

「……それって」

それって。それってつまり。

「俺がエリカちゃんの彼氏になれたらよかったんだけど……」

さびしそうにうつむく神谷に、エリカは飛びつくようにしてさけんだ。

「だ、大丈夫！　佐田くん、あたしの彼氏じゃないから！」

「え？」

目を見張る神谷に、エリカは一気にまくしたてた。

「ちょっといろいろあって、彼氏のフリしてもらってるだけだから！　だから気にしないで！」

勝った、とエリカは思った。

もうこれで恭也とはバイバイできる。犬からお姫さまに昇格だ！

「それに神谷くんだってすごく」

カッコいい——と、言いかけて、エリカは言葉を失った。

見あげた神谷の顔が——みるみる変わっていく。

あからさまにがっかりした顔。眉を寄せて、くちびるをゆがめて。

「えー……それ、マジ？」

（あれ？　あれ？）

「え……うん」

あまりにも急な変化に、エリカはポカンとして、うつろな返事しかできなかった。

神谷はおおげさに舌打ちをし、それからため息をつく。

「なんだぁー、佐田の女じゃないんだ。時間と金、ムダにしちゃったよ……」

「えっ……えっ……」

なにを言われているのかよくわからない。

「俺と佐田ってさー、まあ八組のツートップっていうか？　女子の人気を二分してるっていうか？　そんな感じなのね。で、その佐田が付き合いだしたカノジョってどんなコなのかなーとか思っただけなのよ」

神谷は、ひらひらと手をふった。

「でもアイツの女じゃないなら意味ないし。ま、そーゆーことだから、今日のことは全部忘れて？」

「………」

エリカは――ぼうぜんと立ちつくした。

こんなこと、前にもあった。

信じて、打ち明けたら――それは全部演技でした、って、こと。

そう、あのときとまるっきり同じじゃないか。

あの――恭也のときと。

「なるほどね。やっぱそういうことか」

とつぜん、うしろから声がして――だれかが近づいてくるのがわかった。

「……佐田」

神谷がうろたえたように一歩後じさる。エリカはおどろいてふりかえった。

「恭也くん……」

そこに立っていたのは、まちがいなく恭也だった。

「神谷。おまえもよっぽどヒマだな」

上目遣いに神谷をにらみ、恭也は低い声で言った。神谷は思わず身がまえる。

「なんだ、やるか」

「まさか。俺、暴力は嫌いなんで。いくぞ、エリカ」

肩をすくめ、エリカをうながす。

けれど、エリカは動けなかった。

「エリカ？」

足がふるえる。悲しいのか、怒っているのか、自分でもよくわからない。

「……本当にウソだったの？　最初から……あたしに言ってくれた言葉も、してくれたことも、全部？」

「あったりまえじゃん」

神谷はバカにしたように笑った。

「ってか、あんた、かんたんに落ちすぎ。ちょっといい顔しただけでコロッといっちゃってさ。俺、途中から笑いこらえるのもう大変で……どんだけ男に飢えてんのって感じで……」

エリカの目から、涙がこぼれ落ちた。

そのとき――いきなり、恭也が動いた。

神谷の顔をこぶしで殴りつけたのだ。

「いってぇ！」

前ぶれもなく殴られ、ふらついてへたりこんだ神谷が悲鳴をあげる。

「なんだよ！　暴力は嫌いじゃないのかよ！」

「ああ、嫌いだけど？」

恭也は、神谷を見おろしながら言い放った。

「けど、こいつは〝俺の〟だから。勝手に傷つけられると腹立つんだよね」

そしてエリカの腕をつかみ、自分のほうにひきよせた。

「帰るぞ」

エリカは――ふらふらとひきずられるように歩きだす。

もうわけがわからない。

神谷に対する怒りはふしぎとわいてこなかった。ただひたすら、自分のバカさかげんが悲しい。

恭也に〝俺の〟なんて、勝手にモノあつかいされたのも、腹が立つようで、でも――うれしいような気もして。

もう、本当にわけがわからなくて。

「ほんと、学習しねーなおまえ。どんだけだまされんの？　俺のときでこりとけよ」

あきれたように恭也が言う。

本当にそのとおりだと思う。エリカは洟をすすりあげた。

「……最初から気づいてたの？　神谷くんのこと」

「当然。日曜日はいかないっていう、おまえのウソもな」

恭也はふりかえりもしない。

（あのときあんなに怒っていたのは、ただいじわるしていたんじゃなくて……神谷くんがどんな人なのか知ってたから……そしてあたしがまた、だまされてるのに気づいていたから……？）

全部わかってて、だからきてくれたのだろうか。

「……そうだ、どうしよう！　恭也くんがウソの彼氏だってこと、神谷くんに言っちゃった！」

とつぜんさけんだエリカに、恭也は肩をすくめた。

「言っちゃったもんはしょうがねぇだろう」

「神谷くん、みんなに言うかな……」

「わかんねーよ。そんときゃそんときだろ。とにかく、もうこんなメンドくせー世話焼かせんなよ。次したらこの橋の上からほうり投げるぞ」

ちょうど陸橋にさしかかっていたので、恭也は下の車の流れを指さしながらそんなことを言う。

エリカは、ははっ、と笑った。

悲しいけど。憎たらしいけど。でも。

いつもの恭也で――安心する。

「……あーあ。やっと本当の恋にめぐりあえたと思ったのになー……」

安心したら本音がこぼれた。恭也は、また心底あきれたようにため息をついた。

「バカじゃねーの？　どーせ恋愛しようって息巻いてたんだろ。そんな状態の『好き』なんて、たいがい思いこみなんだよ。そんなん『恋』っていうかよ。ヘコむだけムダだっつーの」

エリカは、あらためて恭也をまじまじと見た。

「……ありがと。なぐさめてくれてるんだよね？　わかりにくいけど……」

恭也は一瞬絶句したようだった。それからいきなり手を伸ばして、エリカのほおをぎゅうっとつねった。

「いつっ！」

「なんだよそのマヌケ面。そんなんだからチョロいって思われるんだぞ」

「うるさいなー！　顔かんけーないじゃん！」

「やっぱ、イチからしつけが必要だなこの犬は」

「失礼な!!」

ひどい言われように一応怒ったフリをしながら、エリカは、胸の奥がキュンとするのを感じていた。

この間、亜由美に言われた言葉が、ふいによみがえってくる。

『近くにいい感じの男の子いるかもよ？　単に気づいてないだけで』

(いやいや、まさかまさか)

恭也のことを、本当に好きになってしまった、なんて。

(それだけは絶対にない！)

――……たぶん。

7. 水族館にて

「えぇー！　すごーい！　手塚、彼氏と三泊四日でスキーだって！　いいなー」

ソファに寝転んでいたエリカが飛び起きて、今スマホに着信したＬＩＮＥの画面を亜由美につきだす（もちろん、恭也に削除されたＬＩＮＥアプリは速攻で復活させた）。

そこには、スキーウェアに身をつつんだ手塚と彼氏のツーショット写真が表示されている。

「彼氏、社会人なんだっけ。さすがに余裕あるね」

リビングのテーブルで弟たちの宿題を見てやっていた亜由美は、それをちらりと見、どうでもよさそうな口調で言った。しかし、エリカは心底うらやましい。

「それに比べてあたしときたら、冬休みなのになーんも予定なくて、こうやってさんちゃんちでグダグダすごしてるだけだもん」

「勝手に押しかけてきてよく言うわ。気に入らないなら帰っていいよ」

「えーん、ウソウソ冗談！　さんちゃん大好き！」

亜由美に抱きついたとき、またスマホからＬＩＮＥの着信音がした。

「あっ、今度はマリンだ……わー、これどこ!?」

送られてきた写真は、ヤシの木の下で水着姿のマリンだ。

【あたしは今ハワイだよ～♡　なんちゃって！　アツムとスパリゾートハワイアンズにきてマース！】

アツムというのはマリンの彼氏の名前である。

「いいなぁ～みんな、ラブラブで……」

再びソファにひっくりかえって、エリカは愚痴をこぼす。

「あれ？　そういえば、あんたの黒王子は？　今なにしてんの」

「知らなーい」

「知らないって、連絡取ってないの？」

亜由美が、ちょっと意外そうに言った。

「ないない。冬休みに入ってからメール一件もこない」

「へー。なんやかんや理由つけて呼びだして、こき使われるかと思ってたのに」

「……あたしもそうなる覚悟はしてたんだけどさ……まあ、そんなもんじゃない？　休みの日にわざわざ会ったりする必要ないもんね。しょせんうちらは、人前限定の仮面恋人っていうことよ」

……そう。やっぱりあのとき、助けにきてくれたのはただの恭也の気まぐれ。

エリカを心配していたわけでも、まして――……好きだからでもない。

「もしかしてエリカさぁ、黒王子にかまってもらえなくてすねてるの？」

亜由美がおもしろそうに言った。

「……は？」

「いつの間にか、あいつのこと好きになっちゃったとか」

エリカはガバッとソファから跳ね起きた。

「なんでそーなんの！　あたしヤだから！　あんな芯からゆがみきってる男！」

たしかにあのときは一瞬ドキドキしたけど、でもあれは、落ちこんでたとこにやさしくされて錯覚してしまっただけ。

「あいつのことなんか、絶対！　好きじゃない！」

「冗談だってば。なにムキになってんの」

亜由美は笑った。

「べ、べつにムキになってなんか……」

ピコン、ピコン、と、またＬＩＮＥの着信音が立てつづけに鳴り、エリカは画面を確認する。

【エリカは佐田っちとどっかいったのー？】

【冬休み明けたら写真見せてね～】

「……やっぱ！」

マリンと手塚からのメッセージに、エリカは青ざめた。思わずカレンダーを見あげる。

冬休みはもうあと数日しかない。

「……急いで写真、つくらなきゃ……」

冬休み最後の日、鎌倉はよく晴れていた。それほど寒くもなく、江ノ電江ノ島駅のホームも、今ついた電車からおりてくる人々で混み合っている。

改札近くで待っていたエリカは、深呼吸して時計を確認する。

十一時ちょうど。待ち合わせの時間。

「おい」

「わっ！」

いきなり声をかけられ、エリカは飛びあがった。顔をあげると恭也が立っていた。

「バカ。いちいちおどろくな」

「いや、なんか……来てくれたんだと思って……」

「まあ、退屈だったし。久々に飼い犬の顔でも拝んでやるかってね」

ニヤリ、と意地の悪そうな顔で笑った恭也に、けれどもエリカは、マジメに頭をさげた。

「ありがとね、ホントに」

「……べつに。とっととといくぞ」

調子が狂ったのか、恭也はぷいと背をむけて歩きだす。エリカはあわてて後をおった。

「……で。どこ行くの」

「え、とりあえず水族館……と、あとその辺の観光スポットで適当にツーショット写真撮ってくれればいいから」

「ふん……女はめんどくせぇな」

土産物屋やカフェのならぶ狭い道を海へと歩きながら、エリカはまた、少しドキドキしてくるのを感じていた。

（いや、カンチガイだから。絶対、ありえないから！）

海沿いの広い国道へ出て右に曲がり、少し歩くと新江ノ島水族館が見えてくる。

もう目の前が海なので、潮の匂いがした。

列にならんでチケットを買い、モザイクのイルカやカメが飾られた入り口をくぐる。

「相模湾大水槽と……あと、クラゲファンタジーホールで写真撮っていいかな？」

エリカはパンフレットを見ながら恭也に確認する。

「……ああ」

恭也は気のない返事をした。エリカはホッとしながらあたりを見まわす。

家族連れ。友だち同士のグループ。学校の団体。そして——たくさんのカップル。

（いいなぁ……みんな楽しそう）

思わず笑みがこぼれる。

色とりどりの魚が泳ぐ美しい水槽。おもしろい形の貝。深海の奇妙な生きものの展示。

エリカはどんどん楽しくなってきた。彼氏と出かけた写真だけ撮れればいいと思っていたけれど、せっかくなんだから、楽しまなければ損だろう。

（水族館、ひさしぶりに来たけど——こんなにきれいなところだったんだなぁ）

「見て見て恭也くん、きれい！　夢の中みたい！」

この水族館の目玉のひとつ、クラゲのコーナーは、丸くならんだたくさんの水槽が青い照明に浮かびあがっている。ふわふわと白や赤のクラゲがただよう。

「写真、写真！　恭也くん、もうちょっとこっち寄って！」

はしゃいでスマホをかまえる。嫌がるかと思ったが、恭也は素直に顔を寄せてくれた。

「……？」

いつもの恭也と、少しちがう気がして、思わず顔を見る。

「……なんだよ」

「う、ううん、なんでもない……あっ、そうだ、イルカショー見たいんだけど」

「……ならさっさといこうぜ。座れなくなるぞ」

「あ、うん……」

いつもよりゆっくり歩く恭也が、やっぱりおかしいように思えて、エリカはまた、まじまじと顔を見あげた。

「恭也くん、もしかして具合悪い？」

「は？　んなわけねーだろ」

恭也は鼻で笑って、イルカショーのあるプールのほうへと歩きだした。

海を背にした半円形のプールで、三頭のイルカが音楽に合わせ、くるくるとスピンしながらジャンプした。着水すると大きな水しぶきがあがり、エリカたちが座っている席まで飛んできた。

「きゃー！」

前の席に座っていた女の子が、楽しそうな悲鳴をあげながら、隣の彼氏にもたれかかる。

「いいなぁ……」

いかにも仲よさそうなカップルに、エリカは思わずため息をついた。

「お互い好きで好きでしょーがないんだろうな……」

「……ふん。俺には恋愛ごっこの遊びにしか見えねぇ」

恭也が小さく吐き捨てる。エリカは眉を寄せた。

「恋愛ごっこ……って」

イルカたちは、見事なジャンプをつづけざまに披露している。その水音や観客の拍手に紛れながら、恭也はつづけた。

「あいつらが本当に好きなのは、恋愛してる自分だろ。まわりからリア充に見られる自分が好きなだけで、相手のことなんてたいして好きじゃねーよ」

「なにそれ」

どんだけひねくれた考え方なんだ、と、エリカはため息をつく。

「恭也くんってさ、今までだれかと付き合ったことある？　その、恋愛としてさ」

「ない」

即答だった。

「え、なんで？　すごいモテてるのに」

「知るか。俺を本気にさせる女がいねーのが悪い。それに、だいたい恋愛なんて、食いもんについてるオマケみたいなもんだろ。オマケがほしくて泣くのはガキだけだ。俺はなくてもべつにかまわねぇし。ひとりだって、自分に不満さえなけりゃそれでいいだろ」

エリカは、自分のことを言われたように感じて、うっ、とひるんだ。

まわりからリア充に見られたいから、たいして好きでもないのに恋愛してるフリをする。

それは――ウソをついて恭也と恋人のフリをしたり、ちょっといい顔をされたら舞いあがって神谷にだまされたりした、エリカそのものではないか。

そんなことわかってる。でも。

エリカはうつむく。

「……恭也くんは強いからそう言えるんだよ。あたしは――ひとりになるのもこわいし、みんなと一緒じゃないのもこわい」

「……ふん。くだらね」

それっきり、恭也はだまってしまった。

イルカショーはクライマックスにさしかかり、イルカたちは楽しげに水面を跳ねまわる。カップルや子どもたちの歓声と拍手がひびく。

それでも――エリカは、このウソをやめられない。

そっとスマホに指をすべらせると、今日撮ったツーショット写真が流れていく。

写真の中の、さわやかな笑顔の恭也。

隣の本物の恭也に目をやると、だるそうに目をつむっていた。

オオカミ少女は、またため息をつきながら、ジャンプしたイルカを写真におさめた。

8. 風邪ひき黒王子

「ホントはディズニーランドとかがよかったんだけどー、それはまた今度にしよーってことになってぇ」

次の日の教室で、エリカはマリンたちに江の島デートの写真を見せていた。

「このストラップも、恭也くんが買ってくれて〜。おそろいなんだ」

エリカのカバンには、水族館の売店で買ったカメのストラップが揺れている。

「ふーん」

マリンがしげしげとその黄色いカメを手に取っていじっている。エリカの胸はちょっと痛んだが、それを恭也に買ってもらったのはウソではない。お金を払おうとしたら、べつにいいよこんなもん、と、ぶっきらぼうに押しつけられたのだ。

「……んで、その王子は？　今日はお迎えこないの？」

新年最初の登校日の今日は、午前中で学校は終わり。もうクラスの中にはほとんど人が残っていない。それなのに、いつも迎えにくるはずの恭也の姿が見えない。

そういうことは、きっちりこなしてくれるのに。

「日直とかなのかな～。あたし、八組にいってみるね。じゃあねー」

笑顔でマリンたちに手をふり、エリカは教室を出た。

なんとなく、イヤな予感がする。

早足で渡り廊下を渡り、階段をかけあがると、八組の教室に飛びこんだ。

八組も、もうほとんど人が残っていない。黒板を拭いていた女の子がびっくりした顔でふりかえる。

「あ、あの……佐田くんは、もう帰った？」

「佐田くん？　今日休みだったよ。風邪だって」

「風邪……」

エリカは息をのんだ。

昨日、なんだか様子がおかしいと思ったのは気のせいではなかったのだ。

歩くのが遅い気がしたのも。いつもより素直でおとなしかったのも。ちょっとだるそうだったのも。

風邪気味だったのを、無理して出てきてくれたから、だったのだ……。

エリカは、ちょっとオシャレなマンションの、『佐田』と書かれたドアの前に、緊張しながら立っていた。

息を詰めながらチャイムを鳴らすと、しばらくして、ドアがガチャリとひらき、スウェットを着た恭也がつらそうな顔であらわれた。

「……なんだよ、おまえかよ……なんでここがわかった」

「た、健くんに住所きいたの」

エリカは、片手に提げていた紙袋をさしだす。

「お母さんいないし、お父さんも出張いってるんでしょ……これ、スポーツドリンクと、冷却シート……」

「健のヤツ、余計なこと言いやがって……」

恭也は顔をしかめながら紙袋を受けとる。

「ごくろーさん。じゃな」

「待って待って」

恭也がしめようとしたドアに、エリカはあわてて体をねじこんだ。

「……んだよ、用がすんだら帰れ」

「……ごめん。やっぱり昨日、体調悪いのに無理して付き合ってくれたんだよね」

「うるせぇな。そんなんじゃねぇよ」

恭也はエリカを押しだそうとしたが、腕に力が入らないのか、逆にふらりともたれかかってきた。

「ちょ、大丈夫!?」

あわてて支える。シャツごしでも、体が熱くて汗ばんでいるのがはっきりわかった。

「ひどい熱……！」

もうなりふりかまっていられない。エリカはそのまま家にあがりこむと、恭也を支えて廊下を進んだ。奥の扉があいていたのでそのまま入る。そこが恭也の部屋だった。

「ほら、横になって。病院は？」

「……行った」

本当につらいらしく、恭也はおとなしくベッドにもぐりこむ。

「じゃあ薬飲んだ？　ってか、ごはんとかどうしてんの？　家族、今だれもいないんだよね？」

「いつものことだよ」

恭也はけだるげに言う。

「ガキのころからずっとそうだし、俺にとってはこれがふつう。今さらなんとも思ってねぇし、おまえにやってほしいことなんてなんもねーから。帰れ」

「なによ、普段エラソーにこき使ってるくせして……あ、そうだ。冷やすヤツ貼ろう」

紙袋から冷却シートを取りだしてごそごそと袋を破き始めたエリカに、恭也はイライラした声で怒鳴った。

「だからほっとけよ！　なに、なんか恩でも売りたいの？」

さすがにムッとして、エリカは冷却シートを恭也のおでこにたたきつけるように貼った。

「いった……」

「弱ってるときは、無条件で人に甘えなきゃダメなの！　恭也くんには難易度高いかもしれないけど！」

どんなに憎まれ口をたたいても、意地の悪いことを言っても。

もうエリカには、少しずつわかり始めていた。

恭也の、素直じゃない態度にはきっと――なにか理由があるということ。

「それにさ……あたしぐらいには気ぃ許してもいいと思うよ？　だって――恭也くんの犬なんだからさ」

「……自分で犬言ってりゃ世話ねぇわ」

気がそがれたのか、恭也はため息をつき、ベッドの中でエリカに背をむける。

そして、それから、ぼそり、とつぶやいた。

「……フルーツ。なにかすっぱいもの食べたい」

「わかった！　すぐ買ってくる！」

エリカはなんだかうれしくなって、にっこりとほほえんだ。

だれかが歌を歌っている。
熱でぼんやりしたまま、恭也は薄目をあけた。
女の人が、床に座って小さく歌を歌いながら、洗濯物を畳んでいる。
（……母さん？）
一瞬だけそう思い、すぐにおかしくなって笑った。
そこにいるのはエリカだった。
かすかに、いい匂いがする。なにかを煮た匂い。
エリカが食事の用意をしてくれたのだろうか。
（余計なことばっかしやがって……）

また目をとじる。

さっきまで夢を見ていた。

両親が別居を決めたときの夢だった。

あれはまだ恭也が小学生のころだ。それまではごくふつうの家族だった。小さかった恭也には、両親の仲がなぜダメになったのかわからなかった。

『恭也、ごめんね。怒ってるよね。でもママね……』

母親の悲しそうな顔を今も覚えている。

なにがあったというわけでもない。ちょっとしたすれちがいやタイミングであっけなく別れた父と母。

それが、男と女というものだ、と、恭也はそのとき知ったのだ。

まだエリカが歌っている。

うとうとし始めた恭也の耳に、その声が心地よくひびく。

また眠りに落ちようとしたとき、今度は、いつかの神谷の言葉がよみがえってきた。

『佐田くんさぁ、俺とくまない？』

あれは、あいつを殴りつけた次の日。

へらへら笑いながら、神谷は恭也に話しかけてきたのだ。

殴られてアザのできた顔に絆創膏を貼りつけて、それでも神谷はこりていないようだった。

『俺とあんたが一緒にいるだけで、女子の注目度は二倍。つまりそれだけ、女の子の選択肢が増えるってわけ』

神谷は、なにもかもわかってるという顔でうなずく。

『女なんて、数多けりゃ多いほど楽しいっつーのが男の本音だろ？　俺にはわかるんだよ。俺と佐田くんは同じタイプの人間だって。俺たちは特別なんだ』

うるさい。帰れ。消えろ。

俺はおまえとはちがう。

なにが？　なにがちがう？

同じだよ、と神谷が笑っていた。

ふりはらおうと手を動かす。でも動かない。

目をあけると、もう部屋にはだれもいなかった。

のろのろとベッドから出て、リビングにむかう。

テーブルの上に、メモが残してあった。

【冷蔵庫にすっぱいもの入れときました。あと、お鍋におかゆもつくったので、よかったら食べてください】

ガスレンジの上に置かれた鍋のフタを取ると、大根・にんじん・大葉……と、やたら具だくさんのおかゆが入っていた。

「……病人食とは思えねぇな……」

体によさそうなものを全部入れました、と言いたげな鍋だった。おそるおそるスプーンでひとくちすくう。

「……味見はしたみてぇだな」

悪くない、と恭也は思った。いつの間にか、少しほほえんでいた。

「ほんとだ、熱さがってる」

次の日。学校帰りに様子を見にきたエリカは、恭也がさしだした体温計を見ておどろいた。

「だから言っただろ、もう大丈夫だって」

たしかにそういうメールがきてはいたのだが、どうせまた意地を張っているだけなんだろうと思って取り合わなかったのだ。

「だって、今日も学校休むし……でもよかった。じゃあ、あたし、今日は帰るね」

そう言って立ちあがりかけたエリカは、ふと、恭也の顔を見て首をかしげた。

なんだかむずかしい顔で、考えこんでいるように見えたのだ。

「なに？　やっぱりどこか調子悪い？」

「ちげーよ」

恭也はエリカから顔をそむけ、しばらくためらったあと、ぽつりと言った。

「……ありがとな」

「……!?」

あまりにも意外な言葉に、エリカはポカンと口をあけた。

「……なんだよ、そのバカ面は」

恭也があきれたように言う。

「いや、だって……びっくりするようなこと言うから」

まさか恭也からお礼を言われるとは思ってもみなかったのだ。

「アホか。礼ぐらい小学生でも言えんだろ」

「いや、本来はそうだけどさ。でも恭也くん、こういうのウザいんだろーなって思ってたから」

「よくわかってんじゃん」

恭也は、どこかうつろな顔で言った。

「やさしさを押し売りする女、死ぬほどキライ。〝私、美しい心持ってますよ、だから好きになってください〟……そんな女ばっか寄ってきてイライラする」

「…………」

「んな単純じゃねぇよって。人のことバカにしてんだろ結局」

「恭也くん……」

なにか、恭也の中にある暗いモノを見た気がして、エリカは息をのんだ。けれども恭也はまた少し顔をそむけ、つづけた。

「……けど、おまえは、ほかの女とちがって、見返りを期待するとか、見えすいた魂胆なかったから……だから、お礼言ってやってもいいかって思ったんだよ。それだけの話」

「な、なによ……」

かあっ、と、エリカはほおが熱くなった。急にそんなふうに言われてもどうしていいかわからない。

「ちょっとおかしいよ！　まだ熱あるんじゃないの!?」

笑ってごまかそうと、恭也の額に手を伸ばす。だが、恭也はマジメな顔でその手をつかんだ。

「へらへらすんな、バカ」

じっと見つめられ、エリカは目を見ひらく。

恭也の整った顔が、すぐ目の前にある。

「…………」

見つめあう。

胸がドキドキする。

どうして。

まるで本当の恋人同士みたいな。

「…………」

だが、そのとき。

「恭也ー！　ドリンク剤持ってきてやったぞ！」

玄関があく音と同時に、にぎやかな声がして、バタバタと健がかけこんできた。ふたりはあわてて飛びはなれる。

「あれ？　エリカちゃんきてたんだ」

健はなにも気づかない様子で明るく笑った。エリカはそそくさと立ちあがる。

「じゃあ、あたし帰るね。恭也くん、明日はちゃんと学校きなよ」

おつかれー、と手をふる健に軽く頭をさげて、エリカは恭也の部屋を飛びだした。
マンションの階段をかけおり、道を走りながら、エリカは胸を押さえる。
(ダメダメ！　なに考えてるのエリカ！　今のはナシだよナシ！)
うっかりいいムードになったからってどうなの。
どうしてこんなに苦しいの。
ドキドキしてもしょうがないのに。
(本当に付き合ってるわけじゃないんだから、さっさとおさまってよ!!)

9. もう犬なんかイヤだ

「もうさー、この際だからハッキリ認めちゃえば？」

一月の寒空の下、いきなりエリカに公園へと呼びだされた亜由美は、ちょっとあきれたようにため息をついた。

「……好きなんでしょ、黒王子のこと」

「や、やだ、やめてよあんな男……！」

ブランコに腰かけ、だらだらと揺れていたエリカはあわてたようにさけぶ。

「こないだだって、超レアな焼きそばコロッケパンゲットしろって言われて、超ダッシュで購買行って転んでアザつくったのに、『ご主人さまのために身をていして働くのは犬として当然だろ』なんて言われちゃって、ほんとムカツク」

しかし、亜由美は、もう信じられないという顔でエリカを見ている。エリカも、自分の言っていることが、自分の気持ちをごまかすための言い訳でしかないことはよくわかっていた。

「……好き、だと思う……」

観念して、ついに口にだす。

「うん。そっか。おめでと」

亜由美は淡々と言った。エリカは頭をかかえる。

「……やっぱやだ！　超ハズくない!?　さんざんあいつのことボロクソに言ってたくせにって感じだよね？」

「しょーがないじゃん？　好きになる人なんて自分で選べないんだからさ」

意外にも、亜由美はそう言って笑った。

『もう、さっさと告白しちゃえば？　案外うまくいくかもよ？』

亜由美の言葉を思いだしながら、けれどもエリカは、決心がつかないままでいた。

（だって、今のままでいれば、ニセモノの恋人だけど一緒にはいられる……もしこの気持ちを打ち明けたりしたら……そして恭也くんが拒んだら……もう話すことすらできなくなるかもしれない……）

モヤモヤと悩むエリカの隣で、今日も恭也は不機嫌そうにスマホをいじりながら歩いている。

「なにぼんやりしてんだよ。俺の風邪でもうつったのか」

「え、そうじゃないけど……」

「だったら俺の前で脳みそ散歩させんな。ムカツク」

風邪が治ったとたん、またもとの黒王子に逆もどりだ。学校からの帰り道、自分はエリカのほうを見もしないのに、エリカがよそ見をしていると怒りだす。

「……あ」

急に恭也が足をとめたので、エリカもつんのめりそうになった。

「犬」

呼ばれたのかと思ったが、そうではなかった。少し先の道ばたに、二匹の白い小型犬を連れたおじいさんがいて、しゃがんで犬たちにおやつをやっている。

立ち止まったふたりに気づいて、おじいさんはあわてて道をゆずろうとする。

だが、恭也はほほえみながら、そっちに近づいていった。

「かわいいですね。さわっていいですか」

「どうぞどうぞ」

恭也はうれしそうに犬をなで始めた。二匹の犬も恭也にかわるがわるまとわりつき、ハアハアと舌を出しながら喜んでいる。

（……恭也くん、本当に犬、好きなんだ……）

犬に手や顔をなめられながら笑っている恭也は、ごく普通の高校生男子だった。

（……いつもこんな顔をしてればいいのに。ううん……）

本音を言えば、自分の前でだけこんな顔で笑ってほしい。

エリカは、ちょっとくやしい気持ちになる。

おじいさんが犬を連れて去っていったあと、制服についた白い毛を払っている恭也に、エリカは言った。

「そんなに好きだったら、犬、飼ったらいいのに。あのマンション、ペットだめなの？」

「いや……そうじゃねぇけど。でも飼わない」

恭也は少しうつむいて言った。

「……なくしたときしんどいだろ」

「……もしかして、昔は飼ってたの？」

「コーギー。中二んとき死んだけど」

思いだしたのか、少しさびしそうな顔になる。

「もう飼う気ねぇな、動物は」

「ふーん……」

恭也にこわいことなどないと思っていたエリカは、言葉を失った。

「それに、今はこのでかい犬がいるし」

照れ隠しなのか、わざとちょっといじわるそうに笑い、恭也はエリカの頭をなでた。それからまた歩きだす。

「……やっぱ、犬、やだ！」

そのうしろ姿に——エリカはついにさけんでしまった。

「……は？」

ポカンとしてふりかえる恭也を見つめ、エリカは言った。

「だから、もう、犬はやなの！　恭也くんのこと、好きだから」

言ってしまった。

「本気で好きになっちゃったから！」

エリカの決死の告白を、恭也はだまって聞いていたが、やがて、ふっ、とバカにしたように笑った。

「……それ、カンチガイだから」

「……え？」

「おまえ、今まで男と付き合ったこと一回もないよな？　なのに恋人ごっこなんて慣れないことやってっから、カンチガイして盛りあがってるだけだよ」

いかにもわかったふうに言う恭也に、エリカは腹が立って怒鳴りつける。

「どこが盛りあがるのよ！」

「は？」

「あんたなんて、性格悪いし超ムカツクことばっか言って、盛りあがるとこなんかどこにもないじゃん！」

まさかそんなふうに言いかえされるとは思っていなかったのか、恭也は絶句している。

「……でも好きなんだもん！　どこがいいんだか自分でもよくわかんないけど、カンチガイなんかじゃなくて、本当に好きだから……だから！」

キッ、と恭也を見つめる。決意を込めた強い視線で。

「だから、信じてくれなくても今はいいけど、伝わるまで言うし、がんばるから！　覚えといて！」

沈黙が流れた。

告白というより宣戦布告のようなエリカの顔を、恭也はしばらく見つめていたが——やがて、ふっと笑うと、おもむろにその額を指ではじいた。

「いっ……」

「そーゆーときは、覚えておいてください、だろ」

額を押さえたエリカに、恭也は肩をすくめる。

「つーかもう、がんばらなくていい。しつこく言われてもうるさいし、信じてやるよ」

恭也はそう言うと、ふいっと背をむけて歩きだしてしまった。

「ちょ、ちょっと、ちょっと待って」

あわててその後をおいかけ、エリカは前にまわりこんだ。

「それで終わり？　答え、答え聞いてないんですけど」

「答え？」

「ほら、あたしのこと好き……なのかとか、どうなのかとか、いろいろあるでしょ？」

せっかく勇気をふりしぼったのに、これでは意味がない。

だが、恭也はにんまりと笑った。

「さあ……どうかな」

「は？　からかってんの？　恭也くんがハッキリしてくれなきゃ、あたしどうしていいか
わかんないじゃん！」

「……いいだろ、それで」

恭也は、あいかわらずの黒い笑みを浮かべている。

「俺の反応をいちいち気にして、日々悶々とすごせばいい」

「……え」

「楽しみだな、これから」

そう言い残して、恭也はまた歩きだしてしまった。エリカはそのうしろ姿にむかって吐き捨てた。

「鬼か！」

もうこうなったら、どんな手でも使ってやる。

エリカはこぶしをにぎりしめて決心した。

ヤツをふりむかせるためならなんだってする。負けてたまるか！

10. お姉さんがやってきた

「話はわかった！」

ばぁん！　とテーブルをたたき、健は立ちあがった。

「女とどんな付き合い方しようが勝手だけどよ、人の恋心をもてあそぶのだけは、男としてやっちゃなんねぇ」

ここは健の父の喫茶店である。あいかわらず客は入っておらず、がらんとした店内には今、健とエリカのふたりしかいなかった。

なんだってする、と決意したものの、どうすればいいかよくわからなくなったエリカは、とりあえず、恭也をいちばんよく知っているだろう健に相談することにしたのだが。

「俺がアイツの根性、たたきなおしてやる！」

エリカの話を聞いた健はそう言って、いきなりドアのほうへと走りだした。

「健くん、ちがうの、ちょっと待って！」

ドアをあけて歩道へ飛びだしたところで、エリカは健の腕を捕まえた。

「そうじゃないの！　あいつのこと怒ってほしいとかじゃなくて！　あたしはただ、恭也くんにあたしのこと、本気で好きになってほしいだけで……」

「エリカちゃん……」

健は、感動したような目でエリカを見つめる。

「あんた、あいつのことそこまで……」

「だから、だから協力」

してほしいの、と言いかけたところで。

「いい？　もう一回言ってあげる」

するどい女性の声がひびき渡って、ふたりはぎょっとした。

ふりかえると、歩道に寄せて停まっている赤い左ハンドルのオープンカーに、ふたりの若い男がのっていた。運転席の男が身をのりだすようにして、立っている女性の腕をつかんでいる。さっきの声は、この女性のものらしい。

「百パーセント、私を幸せにする自信があるなら、あんたのさそいに応じてあげてもいいって言ってんの」

女性は男たちに強い口調で言う。どうやらナンパされているようだ。

男たちは、思いがけないことを言われて少しひるんだが、へらりと笑った。

「そ、そりゃもちろん、俺なりにどんな夢でも見させてあげるよ」

「はい失格」

女性は、フン、とあごをあげた。

「〝俺なり〟なんて、ダメだったときの保険でしょ？ 自信ありませんって言ってるようなもんじゃない。中途半端な覚悟で私を口説こうなんて一世紀早いわ！ ……不快だからさっさと消えて！」

「なんだとこの……」

「おい、もうやめようぜ、こんな面倒な女」

助手席の男が顔をしかめて運転席の男の肩をたたいた。オープンカーは、やけくそのように急発進して去っていった。

（うわー……すっごい自信……でもカッコイイなぁ……）

女性は胸をそらし、その車を見送っている。

長い髪、スリムな足。ものすごい美人だ。

「怜香姐さん！」

健の声にその女性はふりむいて、こちらに歩いてきた。知り合いなのだろうか。

「ひさしぶりっす！　今日はどうしたんすか、神戸からわざわざ？」

「休暇でこっちにきたんだけど、家の鍵忘れちゃって。さっきから恭也に連絡取ってるんだけど、アイツ、あいかわらず私の電話無視しやがって……」

（え……？）

今、恭也って言った？

エリカはびっくりして、女性と健の顔を見比べた。健は、ああ、と気づいてエリカにむきなおる。

「えっと、恭也のお姉さんの、怜香さん」

「お姉さん！」

そう言えば似ているような気がする！　エリカはあわてて頭をさげる。

「は、初めまして。恭也くんの……えっと」

犬です、とはまさか言えない。

「と、友だちの、篠原エリカです！」

「……友だち？　恭也の？」

その変な間に気づいたのか、怜香は眉をひそめてエリカをじろじろと見まわした。

エリカはひきつり笑いをしながら、必死に考えを巡らす。

（……そうだ、これってチャンスじゃない？）

お姉さんと仲よくなれれば、ものすごく有利になるんじゃなかろうか。

ほら、ことわざにもある。〝将を射んと欲すればまず馬を射よ〟だっけ？

「あ、あの、お姉さん、恭也くんと連絡つくまでヒマじゃないですか？　あたし、どこでも付き合いますよ！」

「……あら」

エリカの唐突な申し出に、怜香はうさんくさそうな視線をむける。

「……ふーん」

またじろじろと、足の先から頭のてっぺんまで見まわされ、エリカはちぢこまった。

だが、怜香は、なにかを察したように、ニヤリ、と笑った。

「まあいいわ。じゃ、付き合ってもらおうかしら。健くん、荷物預かっといてくれる？」

「え……それはいいっすけど……」

持っていたキャリーバッグを健に押しつけると、怜香は、くいっとあごをあげて先を示した。

「エリカちゃんだっけ？　ついてらっしゃい」

その仕草も、しゃべり方も。

びっくりするほど恭也にそっくりだった。

「……お姉さん、あの……それ全部食べるんですか」

エリカが怜香につれてこられたのは、高級ホテルの中にあるオシャレなカフェ。

エリカもウワサには聞いたことがある、ケーキバイキングで有名な店だった。

そして、今、ふたりのテーブルの上には、怜香が取ってきたスイーツが山ほど置かれている。

「昔からいくら食べても太らない体質なの」

「そ、そうなんですか……う、うらやましいな……」

エリカだってケーキは大好きだが、この量はさすがに、見ているだけで胸焼けしそうだ。

「遠慮せずにどうぞ」

「そ、そうですか、じゃあ……」

とりあえず小さめのケーキをひとつ取り、フォークで口に運ぶ。

「……で。エリカちゃんは、恭也のどこが好きなの？」

いきなり直球で聞かれて、エリカはふきだしそうになった。

「ふぇ、あの、えーと、いや、好きとか……」

「付き合ってるの？　まさかね。あの恭也にかぎってありえない」

さすがに実の姉である。恭也の性格についてはお見とおしのようだった。

「結局、顔なのかしら？」

「ち、ちがいますよ！」

エリカはぶんぶんと首を横にふった。

「もしこれから落とそうってのならやめといたほうがいいわよ。言っとくけど、アイツと付き合ったって幸せになんかなれないわ」

パクパクとケーキを口に運びながら怜香は言う。

「そ、そんなことは……」

「アイツはね、女を喜ばせたいとか、そういう感覚が完全に欠落した男なの。超自己中で、いつも自分のことしか考えてないんだから」

「そんなことありません！」

思わずエリカは立ちあがった。

「たしかに口は悪いし、傷つけられることもたくさんあるけど、でも、こんなくだらないあたしのウソに、ちゃんと付き合ってくれるやさしい人です！」

「……ウソ？　それどういう意味？」

勢いで、エリカは全部しゃべり始めてしまう。

「友だちの前で見栄張って、彼氏がいるってウソついたあたしの、彼氏のフリをずっとしてくれてるんです！」

「えぇー？　あの恭也が？」

怜香は一瞬目を見ひらき、それから笑いだした。

「なにそれ、ありえないわ！　どうせ見返りになにかさせられてるんでしょ」

図星である。絶句したエリカに、怜香はさらに笑い転げながら言う。

「悪いことは言わないから本気になるのはやめなさい。あいつはどうやっても変わらないわよ」

「変わってほしいなんて思ってません！」

エリカはさけんだ。

「ただ――ただあたしのことを、ちゃんと女の子として好きになってほしいだけです」

「なにそれ」

怜香は笑いつづける。

「〝女の子として好きになってほしい〟なんて、あなたにはプライドってもんがないの？」

さすがに、ナンパ男を怒鳴りつけた怜香らしい台詞だった。だが、エリカはまた首を横にふった。

「プライドなんかいらない！　恭也くんがあたしのこと好きになってくれるなら、あたしはなんだってやります！」

そう言ってにらみつけるエリカに、怜香もさすがに笑うのをやめた。

「……へーえ」

そして、まっすぐに姿勢を正し、エリカを真正面から見つめた。

「そこまで言うなら、あなたの本気、見せてもらおうじゃない」

「本気……？」

「あたしに勝ったら——あなたを認めてあげるわ」

11. 姉と弟

そしてそれから数十分後――……。

エリカは、トイレの個室の中にいた。

「お、おえええええ……」

怜香との勝負――すなわちケーキの食べ比べで、限界突破してしまったのだ。

胃袋が破裂するほど詰めこんで、結局気持ち悪くなって店をとびだしトイレにかけこみ、全部吐きもどしているところである。

「はあ、はあ……」

やっとなんとか楽になり、ふらふらしながらトイレを出ると、ロビーで怜香が待っていてくれた。

「だから言ったでしょ。私とケーキバトルなんか無理だって」

怜香もかなり食べていたはずだが、けろっとしている。

「だって……勝ったら認めてくれるって……」

負けたけれども。

怜香は、ふふ、と笑った。そして、まだ青い顔をしているエリカにハンカチをさしだしてくれた。

「エリカちゃんさ、さっき恭也のこと、〝やさしい〟って言ったわよね」

「はい……」

ハンカチを受けとりながらうなずくと、怜香は少しとまどったようにつづけた。

「ほら、あの子、口は悪いし、どっちかっていうとやさしさの対極にいるような人間だから……」

「そんなことないです」

エリカは強く否定する。

「たしかに口は悪いし、本当の気持ちはわかりにくいけど……でも困ってるときにあたしを救ってくれるのは、結局いつも恭也くんだし……」

「………」

「それに、百パーセント冷たい人だったら、あたしきっと、好きになってませんから」

エリカのその言葉を聞き——怜香はほほえんだ。

「ケータイある？　貸して」

「あ、はい」

エリカが取りだしたスマホに、自分の連絡先を送りながら、怜香は言った。

「なにかあったら気軽に連絡して」

「は、はい！　ありがとうございます！」

お礼を言ってスマホを受けとったとき。

「……あ」

不機嫌そうな顔をした恭也が近づいてきた。

「恭也くん、どうして……」

「私が電話したの。エリカちゃんが大変よって」

ふふん、と怜香は笑う。恭也は心底イヤそうな顔で姉をにらみつけると、エリカをじろじろと見た。

「なんだよ、大丈夫そうだな」

「あらそんなことないわ。さっきまで大変だったのよ」

「うるせぇ、てめぇにきいてねぇ」

横から口をだす怜香に吐き捨てる。エリカは恥ずかしくなってちぢこまった。

「あ、あの……ちょっと食べすぎて……」

「食べすぎ？　おまえいいかげんに……」

あきれたようにエリカをののしろうとする恭也のほおを、いきなり怜香が平手でうった。

「んだよいきなり！」

むきなおってさけびかけた恭也に、怜香はさらに厳しく言う。

「大声ださない！　人前で女に恥かかせるような真似するんじゃないわよ！　さっさとお金払ってきて！」

怜香は、当然のように伝票を恭也にさしだした。恭也は顔をゆがめたが、しぶしぶそれを受けとるとカフェへと歩いていく。

「……恭也くん」

エリカはそれをおいかけて、思わず声をかけた。

「ごめんね、わざわざ……」

「……なんでおまえがあいつといるんだよ」

うしろで待っている怜香をちらりと見る。

「……健くんのお店で偶然会って……恭也くんと連絡取れないって言われて……」

「あいつ、今付き合ってる男とうまくいってなくて、ケンカするたびにスイーツのドカ食いするんだ。東京へくるときはたいていそれが理由なんだよ」

「そうなの……？」

恭也は、はあ、とため息をついた。

「どうせ、あいつに取り入って、俺の攻略法でも聞こうと思ったんだろ」

言い当てられて、エリカは情けなくなった。目をそらしてうつむく。

「……恭也くんに好きになってもらおうと思って、がんばりたいと思ったんだけど……なんか、空回りしちゃって……」

しょげるエリカに、しかし恭也は言った。

「俺を本気で落としたかったら……」

「え……？」

「俺ン中こじあけるつもりで、正面から入ってこい」

顔をあげると、一瞬目が合う。

恭也は、真剣な顔をしていた。

だが、すぐに、ぷい、と背をむけ、またレジへと歩きだしてしまう。

「……うん。うん、わかった！」

エリカの声に、もう恭也はふりかえらない。

それでも、だまってこぶしをにぎりしめるエリカを、少しはなれたところから怜香がおもしろそうに見つめていた。

「エリカちゃん、なかなかいい子じゃない」

その夜。恭也のマンションのリビングで、ソファに寝そべり、風呂あがりの缶ビールをあおっていた怜香は、部屋から出てきた恭也にそう声をかけた。

怜香の手の中のスマホには、エリカからきたメールが表示されている。

【今日はありがとうございました！　また一緒においしいケーキ、食べにいかせてください！　よろしくお願いします！】

「根性も度胸もあるし。私は好きよ」

恭也は答えず、冷蔵庫をあける。

「なんか、彼氏ごっこしてるんだって？　ちゃんと付き合ってあげれば？　真剣な気持ちにはまっすぐかえすべきでしょ」

「うるせぇな。俺がいつアイツを好きになるかは、俺が決める」

怜香は肩をすくめる。

「かっこつけちゃって。あんた、ますますお父さんに似てきたわね」

恭也は、ぴくり、と手をとめた。怜香は笑う。

「いつまでも本心見せずに強がってると、お父さんみたいに女に逃げられちゃうわよ」

「親父とお袋のことは関係ねぇだろ……」

「ならいいけど」

なにもかもわかってるのよ、という顔で怜香は言い、それからまたビールをおいしそうに飲んだ。

「そうそう、私、明日帰るから」

「は？」

「今度はエリカちゃんと神戸にいらっしゃいよ。待ってるから」

「だれが行くか」

吐き捨ててもどっていく恭也のうしろ姿に、怜香はまた少し笑った。

12. オオカミ少女のたくらみ

「はい、では順番にくじをひいてください。赤い丸が書かれているのがアタリです」

一年三組の教室では、ホームルームの時間を使って、期末テスト明けにある研修旅行の委員決めが行われていた。

クラス委員のふたりがかかえた小さな箱から、男女べつべつに、一枚ずつくじをひく。

「……あっ」

十五分の一以下の確率だし、当たるわけない……と気楽に考えていたエリカは、ひらいた紙の真ん中に赤い丸を見て小さくさけんだ。

「あーあ、エリカくじ運悪いね〜」

手塚が、いっひひひと笑う。

「しかも相手がユーレイ日下部」

「ユーレイ？」

マリンが指さすほうを見ると、教室のうしろの隅のほうでうなだれている男子生徒がいた。やはり赤い丸が書かれた紙を持っている。

ひょろりと線が細く、自信なさげな猫背なうえ、長い前髪とメガネで顔が隠れていてよくわからない。

（あんな子いたんだ……日下部くんか……）

「早速ですが、日下部くんと篠原さんは放課後、図書室での委員会に出席してください」

「え～……」

クラス委員の声に、エリカはがっくりと肩を落とした。マリンたちが冷やかす。

「なになに、王子と約束でもあった？」

「べつにそうじゃないけど……」

「でもいーじゃん、研修旅行なんかマジかったるいけど、自由時間は楽しみじゃん。エリカは王子とデートでしょ」

「……も、もちろん！」

手塚に言われて、反射的にうなずいてから、しまった！　と思う。

（恭也くん、いかにもそういうの苦手そうだし……それに）

研修旅行の行き先は、神戸なのだ。

（たしか、お母さんとお姉さんが住んでるって……きっと何度かはいったことあるよね。

変なところにさそったらバカにされそう……）

でも。

（でも、神戸ってきれいな街だっていうし……恭也くんと一緒にまわれたらなぁ……）

いや、ここで気弱になってはいけない。

恭也だって、正面からこじあけてこいと言っていたではないか。

その意味はまだよくわからないけど――でも、きっと、可能性はあるってことだと思っている。

（よーし！）

完璧なデートコースを考えて、恭也をさそおう。

エリカは、ひっそりとこぶしをにぎりしめた。

「ごめんね……篠原さん。僕のくじ運が悪いから……」

放課後の旅行委員会が終わり、図書室を出ながら、日下部がしょんぼりとエリカに言った。委員会内でのくじびきで、エリカたち三組は、いちばん面倒なしおりづくりの係に当たってしまったのだ。

「え、ぜんぜん。日下部くんのせいじゃないよ。あたしもくじ運超悪いし」

「……そ、そんなことないよ……僕の……せいだよ」

うじうじとつぶやく日下部をなんと言ってなぐさめようかと見あげたエリカは、ちょっとおどろいた。

今は日下部はメガネをかけていない。長い前髪はあいかわらずうっとうしいが、その隙間から見えている顔はかなり整っていた。恭也ともタイプがちがう、ちょっと中性的な感じのイケメンではないか。

「へえ……日下部くん、そんな顔してたんだ。いつも下むいてメガネかけてるからわからなかった」

ほめたつもりだったのだが、日下部はびくっとして、あわててメガネを取りだす。

「す、すいません！」

「え、なんで！」

「僕の顔、女みたいで気持ち悪いでしょ」

「ええー、そんなことないよ！　だって超美形じゃん！」

「そんなことないですよ！　昔から、体も細いし、みんなにユーレイとか言われてて」

（あー……）

小さいころってそういうこと言うよなー、とエリカは気の毒になった。しかも日下部のファーストネームは「憂」なのだ。

「僕が近づくとみんなイヤな顔をするので……すいません」

「そんなことないって！　ちゃんとしたらすごくモテると思うよ！」

「な、ないですよ！　僕がモテるなんてそんな……！」

「もー！」

あまりにネガティブな日下部に、エリカはちょっと顔をしかめる。

「なんでもかんでも否定して、それって本気で言ってる人に対して失礼じゃない？」

「……え？」

「だってそうでしょ？　人の言ってることを否定するってことは、その人自身を信用してないってことだから」

日下部はハッとした顔になったが、すぐにまた頭をさげてしまう。

「……ご、ごめんなさい！」

「べつに怒ってるわけじゃないよ。とにかく、日下部くん見ても絶対だれも気持ち悪いなんて思わないから。自信持って、ふつうにしてたらいいと思うよ」

にこっと笑うと、日下部も、ほんの少し笑顔になった。

「さーたーくん！」

そのころ。そろそろ下校しようと八組の教室を出た恭也に、やけになれなれしく声をかけてきたのは、あの神谷望だった。

「なになに、今日は遅いね。だれか待ってた？」

「……べつに」

あれ以来、ずっと相手にしていないのに、この男はまったくこりていない。へらへらと恭也につきまとい、一緒に遊ぼうとさそってくる。

「あのさぁ、研修旅行の自由行動、いくとこ決まってんの？　俺とくまない？　ふたりでさそえば女の子いっぱいくるよきっと」

神谷の言うとおり、廊下のあちこちから、女子生徒の視線が集中してくるのがわかった。

「……俺はおまえらと別行動すっから」

いちいち言いかえすのもばからしく、恭也は神谷を押しのけた。だが神谷はしつこく食いさがる。

「まさか、エリカちゃんとデートするとか言わないよね？」

「…………」

言い当てられて、恭也はイライラと神谷をにらみつける。昼休みにエリカからそれを持ちかけられて、OKしたところだったのだ。

「集団行動よりマシだからな」

「へーえ……王子ってば、まだあの子のウソに付き合う気なんだ。けなげだねぇ〜。でもそのエリカちゃんは、ほかの男と楽しくやってるみたいだけど？」

「……どういう意味だ。おまえ、まさかまた」

「ちがうちがう。俺じゃないよ」

神谷は肩をすくめた。

「さっき見ちゃったんだよね。同じクラスの地味な男と廊下で楽しそーにしゃべってたよ」

「……俺には関係ない」

ふん、と言い捨て、恭也は歩きだした。

エリカを迎えにいこうとしかけ――渡り廊下の入り口で足をとめた。

――そして、結局そのまままっすぐに、くつ箱へと階段をおりていってしまった。

エリカは、今日もマジメに旅行委員の仕事にいそしんでいた。

いや……マジメ、ではないかもしれない。

神戸のガイドブックを参考に、旅行のしおりの原稿をつくりながら、頭の中は恭也とのデートでいっぱいだからだ。

「篠原さん、こんな感じで大丈夫かな」

向かいの席で、しおりに載せる地図をかいていた日下部が言う。

「あ、うん！　いいと思う！　日下部くん、すごく絵が上手なんだね」

「そ、そんなことないよ……僕なんか……」

照れくさそうに首をすくめた日下部は、エリカがさっきからひらきっぱなしのガイドブックに目をやった。

『ビーナステラス・愛の鍵モニュメント』とタイトルがついていて、山の中腹から見おろした美しい夜景や夕焼けの写真が大きく載っている。

「きれいなところだね」

「でしょ？　神戸では有名なデートスポットなんだって。研修旅行のコースからは外れてるけどね」

「佐田くんと行くの？」

「え……？」

急に恭也の名前が出て、エリカはあわてたが、日下部はにっこり笑った。

「自由行動のとき、篠原さんは佐田くんとデートだって、手塚さんたちが言ってた」

「あー、日下部くんも同じグループなんだっけ」

「うん。……へぇ、この『愛の鍵モニュメント』って、好きな人と一緒に南京錠をかけると永遠に結ばれるって言われてるんだ……」

ビーナステラスは、神戸の市街地が一望できる展望台の名前だ。そこに置かれているのが『愛の鍵モニュメント』というオブジェで、日下部の言うとおり、カップルの聖地になっている。アップの写真を見ると、スパンコールやシールでカラフルにデコレーションされた南京錠がたくさんぶらさげられていた。

「でしょ、でしょ？　ロマンチックだよね。あー、でも恭也くんは絶対嫌がるだろうなー、こーゆーの」

「え、どうして？」

机に肘をついたエリカは、はは、と笑った。

「ベタなデートコースとか、絶対ダメだから、あいつ」

「篠原さんが行きたいって言っても？」

「ムリ。絶対ムリ」

「そうかな……好きな人が喜ぶことだったらなんだってしたいって、僕なら思うけど……」

エリカは、ほほえみながらため息をついた。

「日下部くんの彼女になる人は、幸せだろうね」

「え？」

「あたしも、日下部くんみたいな人、好きになればよかった。そしたら、こんなにいろいろ悩まなくてすむのに……」

ガイドブックをいくらめくっても、恭也の気に入る場所がわからない。

「篠原さん、僕でよかったら、相談のるよ？」

そんなエリカを見かねたのか、日下部が身をのりだしてきた。

「僕、友だちで神戸の子がいるから。地元の穴場とかきいてみる。あと、南京錠も買いに行こうよ。いろんな色のやついっぱい置いてるホームセンター知ってるし」

「ほんと!?　うれしい、ありがと！　じつはどこで売ってるんだろうって思ってたんだ！」

そうだ。うじうじしていてもしかたない。

とにかく行動あるのみだ。

エリカは、ガイドブックにふせんを貼りながらうなずいた。

恭也は、今日も八組の教室でなんとなくエリカの委員会が終わるのを待っていた。
自分でも、なにをしているのかよくわからない。

三組の教室の前で待っていようか、それとも図書室で、と考えてしまった自分にもイライラし、結局また、どちらにもむかわずくつ箱へおりていく。

「…………」

そっとのぞくと、三組のくつ箱の前にエリカが立っていた。

スマホでなにか検索しているようだ。

近づいていくと、気配に気づいて顔をあげる。

「日下部くん？」

恭也は顔をしかめた。だれだそれは。

「え、恭也くん？　え、うそ。もしかして待っててくれた？」

自分を待っていたなどと思いもしていない顔。

当たり前だが、なんだか腹が立った。

そこへ、むこうからだれかが歩いてきた。前髪の長い陰気そうな男だ。

「あ……」

恭也と目が合い、顔をそらした。

「日下部くん」

エリカが名前を呼ぶ。なるほど、こいつが同じ旅行委員の日下部か。

「エリカ、帰るぞ」

「え、あ、うん」

エリカは、困ったような顔で日下部を見た。どうやらなにか約束をしていたらしい。日下部は笑って片手をふっている。エリカも、ごめんね、という仕草で頭をさげる。

意味もなくイライラする。

「アイツと帰るつもりだったのか」

「えっ？」

エリカはびっくりして顔をあげた。

「あ、うん、あの……ちょっとさがしてるものがあって。日下部くんが売ってるところ知ってるって言うから、教えてもらう予定だったの。でもべつに今日じゃなくてもいいから」

「さがしてるもの？　なんだよ」

それが南京錠であることなど、もちろん恭也は知らない。

エリカはちょっとためらってから言った。

「あー、あの、友だちの誕生日プレゼント」

「ふん、くだらねえ。プレゼントなんて、やりたいと思ったときにやりゃあいいのによ」

「じゃあ、恭也くんは、誕生日とかじゃなくてもプレゼントする派なんだ」

急にキラキラした目で見あげられ、恭也は笑った。

「俺は女にみつぐ趣味ねぇよ」

「ですよね……」

自分の言葉のひとつひとつでくるくると表情が変わるエリカを見ていると、少し楽しくなってきた。

「まあでも、おまえがほしいって言うなら、買ってやってもいいぜ」

「え、マジ？」

うれしそうな顔を、また落ちこませたくて、わざとイヤなことを言ってみる。

「犬の首輪な。散歩用の」

怒りだすだろうと思ってエリカを見ると、なぜか彼女は笑っていた。

「ほんと？　うれしい！　大事にするよ！」

「は？　おまえバカか？　なんに使うの？」

「だって好きな人にもらったってだけで、もう特別だもん」

「……冗談に決まってるだろ。真に受けるな」

あきれる恭也に、なーんだ、と口をとがらせるエリカ。

「やっぱ冗談か。残念」

「…………」

くだらないことで怒ったり、笑ったり。

思ってもみなかった顔になったり。

悪くない、と恭也は思ったが、その気持ちがなんなのか、まだわからなかった。

わかりたくなかったのかもしれない。

13. ぼっちになったほうがマシ

「あー、早くこれ、恭也くんと一緒につけたいな〜」

またもや亜由美の家のリビングにあがりこんでいるエリカは、買ってきた南京錠をデコレーションしながらうっとりと言う。

デコ用の素材が広げられたテーブルの上には、エリカが恭也のために特別につくった〝神戸のしおり〟が置かれていた。亜由美はそれを手に取りぱらぱらとめくる。

「ねえ……この黒王子用のしおり、どこにもビーナステラスのこと書いてないけど」

「あ、それはね、最初から言っても絶対嫌がるから、当日サプライズってことで」

「本物の彼女でもないのに、一緒に南京錠つけたって意味ないと思うけど」

「そりゃそうだけど。もー、さんちゃんのいじわる！　せっかく人が盛りあがってるのに……」

「あたしは心配してるの！」

亜由美はちょっと怒っているようだった。

「研修旅行でなにかあったって、他校のあたしは助けてあげられないんだからね」

「さんちゃん……」

「それに、今はそんな計画より、恭也くんの気持ちを確かめることが、あんたにとっていちばん大事なんじゃないの？」

「そ、それはそうだけど……でも、今そんなことしてもしあっさりフラれたら、研修旅行でデートできなくなる……マリンたちに、デートするって言っちゃったし」

「……まだそんなこと言ってるのか」

亜由美は大きくため息をついた。

「そうやって目先のことばっか優先してるから、いつまでもニセモノの彼女から卒業できないんじゃない。このままウソの思い出ばっかりいくら増やしたって、本物の彼女にはなれないんだよ」

「……わかってるよ」

エリカはふくれて顔をそらす。

テーブルの下に置いていた自分のカバンが目に入った。そこには、江の島で恭也に買ってもらった黄色いカメのストラップが今もついたままだ。

「…………」

次の日。

エリカは、恭也を健の喫茶店に呼びだした。

気を利かせたのか、健は買い物にいってしまった。今は店内に、エリカと恭也のふたりきりである。

「……王子動物園に南京町。ふーん。まあこの辺はベタすぎだけど、このパン屋は知らなかったな……おまえにしちゃまあまあなんじゃね？」

恭也は、エリカのつくった特製しおりを見ながらつぶやく。

「でしょ！」

恭也の機嫌をうかがっていたエリカは、やっと笑顔になった。

「恭也くんが、焼きそばコロッケパンが好きだって言ったら、日下部くんがこのパン屋さん教えてくれたの！　地元の人しか知らない穴場なんだって！」

「……ふーん」

日下部の名前をだしたとたん、恭也の顔がけわしくなったことに、エリカは気づかなかった。雑にしおりのページをめくろうとする恭也の手を押しとどめる。

「待って！」

「なんだよ」

しおりのその先には――ビーナステラスの情報が書かれていた。

昨日、亜由美に言われてから、覚悟を決めて書きなおしたのだ。

「その先を見せる前に――確かめたいことがあるの」

「……なに」

面倒くさそうな目で見あげる恭也を、真剣な顔で見つめかえす。

——でも、なかなか次の言葉が出てこない。こわい。

「……なんだよ」

ふざけたように、恭也はわざとらしく〝王子さまスマイル〟をくりだした。あの、だれでもうっとりする、だけどぜんぜん中身のない笑顔で言う。

「なんでも言ってみ？　俺でよかったら、話、聞いてやるよ」

「……そういうのいらないから。マジメに答えてくれる？」

「……いいよ。なに」

エリカは息を吸いこんで、覚悟を決めた。

「……あたしのこと、本当はどう思ってる？」

「…………」

「あたしは恭也くんが好き。気がついたらいつも、恭也くんのことばっか考えてる。恭也くんのことで頭がいっぱいになってる。でも——恭也くんは？」

エリカは一気にまくしたてた。

「恭也くんにとってあたしは、やっぱりただのヒマつぶし？　便利な犬？　それだけの存在？　ちょっとくらいそこに、特別な感情はないの？」

恭也は、ほんの一瞬、なにかを考えているように見えた。

そして——にっこりと笑った。

「困ったヤツだな。言わなくてもわかるだろ。エリカ——いくら便利でも、好きでもない女をそばに置きたいとは思わないよ」

それは——やっぱりあの中身のない王子スマイルだったが、思いつめていたエリカは気づかない。

「恭也くん」

「今まで照れて言えなかったけど……俺だって、エリカのこと、想ってたよ」

やさしく手をにぎられエリカは目を見ひらいた。

「ほんと？」

「ああ」

「……信じられない。じゃあ、もしあたしが、神戸でビーナステラスに一緒に行きたいって言ったら？」

「ビーナステラス？　ああ、あの展望台か。もちろんいいよ。エリカが行きたいなら」

「ほんと!?」

エリカは完全に舞いあがってしまった。カバンをあけて、昨日デコった南京錠を取りだそうとする。

「そこにね、好きな人と一緒に南京錠をつけると永遠に結ばれるって言われてる場所があるの知ってる？　あたしね……」

「で、この猿芝居、いつまでつづけてほしい？」

恭也の冷たい声に、エリカはかたまった。

恭也は——また、あの真っ黒な笑みを浮かべて、エリカを見ている。

「おまえ、かんたんに信じすぎ。まだ俺のことわかってねぇな。俺がこんな甘いこと、言うわけねぇだろ」

「……ウソ」

「そんな単純でおまえ、この先生きていけんの？　ブラックセールスとかにコロッとだまされそうで……」

へらへらと言う恭也の顔に、バシャッ、と水がかけられた。

「ウソつき！　最悪！　一回死んでこい！　クズ男！」

グラスをにぎりしめ、怒りの顔で、エリカはさけんだ。

「もうわかんない！　ぜんぜんわかんないよ！　なんで、なんでそうやっていつも、本当の気持ち見せてくれないの？」

恭也はだまったままだ。エリカの目から涙がぽろぽろとあふれだす。

「キライならキライって言って！」

恭也は答えない。答えられない。

「もういい。しんどい。好きでいるの、しんどい！　こんな思いするなら、ぼっちになったほうがずっとマシだよ！」

エリカはカバンをかかえると、そのまま店を走りだしてしまった。

ひとり残された恭也の目に、水でにじんだ手書きのしおりがうつった。

恭也はそれをじっと見つめる。

自分がどうしたいのか。

エリカにどうしてほしいのか。
恭也(きょうや)には――わからなかった。

14. オオカミ少女、やめる！

そして――神戸への研修旅行の日がやってきた。

バスの中で、エリカは自分のスマホを見つめる。
恭也と撮ったたくさんの写真。ウソの笑顔の写真。
ふるえる指で、消去のアイコンにふれようとする。
でも――できなかった。

『あたし、もう、オオカミ少女やめる！』
あの日――店を飛びだして、エリカはまっすぐに亜由美のところへむかった。
ずっと心配してくれていた親友に、泣きながらそう言った。

そう——もうやめる。

ウソでウソをぬりかためても、なにも本当になんかならない。

イソップ童話のオオカミ少年は——だれにも信じてもらえなくなって、オオカミに食べられてしまうのだ。


バスはゆっくりと神戸の街に入り、海沿いのホテルへとむかう。

「ホテルに荷物を預けたあと、もう一度ロビーに集合してください。すぐにまた出発します」

添乗員の説明とともに、バスはホテル前のロータリーに停車した。

やれやれ、と、クラスメートたちは網棚から荷物をおろし、コートを着こんでバスからおりていく。

「さ、いこいこエリカ」

マリンにうながされ、のろのろと立ちあがったエリカは——意を決して彼女に言った。

「……あたし、みんなに話したいことがあるの」

「は？」

出口近くで手塚もふりかえる。まだバスの中にいたほかの生徒たちも、なにごとかとエリカを見た。

エリカは、その場で深々と頭をさげた。

「……ごめんなさい。あたし、ウソついてました」

「……？」

「あたしと恭也くんは、付き合ってません」

マリンと手塚が顔を見合わせる。

「今なんつった？」

「意味わかんないんだけど」

エリカは声を張りあげる。

「だから！　あたしと恭也くんが付き合ってるって話、全部ウソだったの！」

「マジかよ!?」

エリカはやけくそのように早口で話し始めた。

「ほら、手塚もマリンも彼氏がいて、すごく恋愛経験豊富じゃん？　だからね、話合わせなきゃって思って、恭也くんに彼氏のフリ、してもらったの」

自分で言っててバカみたいだ。だんだん声がふるえてくる。

「だってあたし、恋愛経験ゼロだし、キスだって……したことないし……でもそんなのバレたら、みんなのグループにいられなくなっちゃうじゃん……クラスでぼっちになるの、こわかったから、あたし……」

ごめんなさい！　と頭をさげると、目からぼろぼろと涙があふれでた。

「マジ、痛すぎ」

「ひくわ……」

マリンと手塚は、どうしていいかわからないという顔で目配せをしあうと、足早にバスをおりていった。

だれもいなくなったバスの中で、エリカはゆっくりと顔をあげた。

洟をすすりあげ、息をはく。

窓の外には、ほかのクラスの生徒たちが楽しそうに笑っているのが見えた。

その中に、恭也の姿もある。
いつもの王子さまスマイルで、女の子にかこまれていた。
隣に立っているのは、あの神谷だ。
エリカはくちびるをかみしめ、目をそらした。
コートに袖を通してカバンをかつぎあげる。
「……あ」
ふと見ると――一番前の席のところに日下部がいた。
心配そうな顔でエリカを見ている。どうやらぜんぶ聞いていたらしい。
エリカは笑顔をつくる。
「大丈夫だよ」
口の形でそう言うと、日下部はなにか決心したようにバスからおりていった。

ホテルの自室に荷物を置き、廊下に出てきた恭也は、自分にむかってまっすぐ歩いてくる人影に気づいた。

「……おまえは」

それは日下部だった。ひどくけわしい顔をしている。

「……さっきバスの中で、篠原さんが、佐田くんと付き合ってるのはウソだって、友だちに言ってました」

「……え？」

「……本当にウソなんですか？」

日下部は真剣な顔でたずねる。

「おまえには関係ないだろ」

「か、関係あります。僕は――篠原さんが好きです」

恭也は言葉を失った。日下部は、恭也をにらみつけながらつづける。

「篠原さんが笑顔になるためなら、なんでもしてあげたいと思ってます。たとえ付き合っているっていうのがウソだったとしても、篠原さんが佐田くんを好きっていうのは本当で、だから──……」

「だったら、おまえがアイツの男にでもなって、幸せにでもなんでもしてやりゃいいだろ」

恭也は投げやりに言った。

「俺はもう関係ない」

そうだ。関係ない。ウソという鎖でつないでいた飼い犬は、それを断ち切って逃げていく。

「おまえらお似合いだぜ。さぞ清く正しいお付き合いができるだろうよ」

そう。そんなことは、恭也にはできはしないのだ。

「よくわかりました」

にぎりしめた手をふるわせながら日下部は言った。

恭也は彼を置いたまま、ホテルのロビーへとおりていく。

そこには、神谷と女の子たちが待っているはずだった。

八田高校の生徒たちはホテルを出たあと、今回の研修旅行のメインである『人と防災未来センター』の見学に来ていた。

あらかじめグループごとに決めたテーマにしたがって、メモを取りながら施設を見てまわらなければならない。

だが――直前に、そのグループからはじかれた形になったエリカは、たったひとりで、広い館内を歩いていた。

ポケットの中のスマホには、さっきからひっきりなしにＬＩＮＥが着信している。

【ウソつき】

【もう佐田くんに近づかないで】

休憩所のベンチに座って確認すると、そんなメッセージがずらずらとならんでいた。

たまらなくなって、エリカは亜由美に電話しようとする。

だが、アドレス帳をひらいたところで、ふと目にとまったのは〝怜香さん〟の文字だ。

思わず電話番号をタップする。何度かのコールのあと、つながったのは留守番電話。

「もしもし、怜香さん。エリカです――今、研修旅行で神戸にきてて、なんとなくかけちゃいました」

留守電にメッセージを残す。声がふるえないようにするのが精一杯だった。

「あたし、がんばるって言ってたのに、結局がんばれなかった。ごめんなさい」

電話を切った後、スマホの電源も落とす。

そして——自分のひざを見つめる。

今さらオオカミ少女をやめたって——もう手遅れだった。


「なに見てんの」

少し先を歩いていた神谷にとがめられて、恭也は顔をそらした。

「なんでもねぇよ」

「さっさとここ切りあげて異人館いこうよ。女の子たち楽しみにしてるし」

「…………」

ちらりと肩ごしにふりかえる。ぽつんとひとり歩いているエリカがそこにはいた。恭也に気づいているのか、いないのか、今日は走りよってもこない。

「……なんなんだよ」

小さく舌打ちをする。クラスにバレたなら、もう彼氏のフリをする必要なんかない。

「…………」

「佐田くん？」

神谷がまた呼んだ。恭也はためらう。

いくか、もどるか——……。

だがそのとき、神谷がおもしろそうに言った。

「へーえ、エリカちゃん、やっぱあいつと付き合いだしたんじゃない？」

ふりかえると、エリカのところに、日下部が近づいていくところだった。

篠原さん、と話しかけているのが聞こえた。その後の言葉はよくわからなかったが、エリカが笑顔になったのはわかった。

ふたりは肩をならべて、下りのエスカレーターのほうへと歩いていく。

「……ね？」

神谷が、自分の手柄のような顔をして笑った。

15. 日下部くんの告白

「わー、ほんとだ、この焼きそばコロッケパン、すごくおいしい！」

神戸の中華街・南京町で、龍の舞の出し物をながめながら、エリカと日下部は、さっき店で買ってきたパンをほおばっていた。

「ホントだね。友だちにお礼を言わなきゃ」

日下部は、穴場情報を教えてくれた神戸の友だちにさっそくメールをしている。

「でも――日下部くん、いいの？　ずっと付き合ってもらってるけど」

「ぜんぜん！　だって篠原さんが考えたコース、一緒にまわりたいって言ったの僕だし
……王子動物園のパンダもかわいかったね」

「うんうん。神戸って本当にきれいな街だね。山も海もあるし」

エリカは笑った。せっかく一生懸命考えたコースがムダにならなくて、本当によかった

と思う。

「……篠原さん、いっこ聞いていい？」

日下部が、急にマジメな顔で言った。

「ん？　なに？」

「篠原さんは、佐田くんのどこが好きだったの？」

「……え？　いや、えーと、それはウソで……」

ごまかそうとしたエリカに、日下部は首をふる。

「彼氏だったのはウソでも、篠原さんの佐田くんへの気持ちは本当だったよね」

エリカは、ふふ、と笑った。

「あんなウソつくなんて、最低だよね、あたし」

「そんなことないよ！　僕、篠原さんの気持ちわかるよ。僕もずっと、ぼっちだったから」

エリカは、はっとして日下部を見た。そうだった。彼は〝ユーレイ日下部〟。今まで
ずっと、ひとりでいたのだ。

……それでも、彼はやさしくて。だれかを責めたりもせず。ウソもつかず。

「日下部くんは、強いよね」

エリカはため息をついた。

「……ほんと、あたし、あいつのどこが好きだったのかな……エラソーだし、ひねくれてるし……いっつもひどいことばっか言われてさ。一緒にいて笑ってるより、泣いてる数のほうが多かったよ、絶対……」

「…………」

「でも好きだったんだよね。カンチガイじゃなくて本当に……自分でもなんでかよくわかんないけど。やっぱあたし、恭也くんの言うように、バカ犬だからかな……」

言いながら、また涙がにじんできた。恥ずかしくて顔をそむけながら立ちあがる。

「あっ」

目を伏せていたせいか、歩いてきた男の人にまともにぶつかってしまった。エリカの肩にかけていたカバンがすべり落ちて中身が地面に散らばる。

「気ィつけや」

「す、すいません！」

言い残して去っていく男の人の関西弁がなんだかこわくて、べつに怒られたわけではないのにうしろ姿にむかってペコペコ頭をさげていると、いよいよ涙がこぼれそうになる。

日下部は、その間にエリカのカバンと中身を拾ってくれていた。そして、やっと顔をあげたエリカにさしだしながら、決心したように言った。

「……篠原さん。僕じゃ……ダメかな」

「日下部くん……？」

「佐田くんに比べたら僕なんかぜんぜんカッコよくないし、僕のほうがいいなんて、そんなこと言えないけど……でも」

いつもおどおどして見える日下部が、今はまっすぐにエリカを見つめていた。

「でも、僕だったら、篠原さんを泣かせたり、傷つけたり絶対しない……！」

「……日下部くん」

びっくりした。そして、うれしかった。

でも――――……。

「ごめん、日下部くん。あたし、まだ……」

「わかってる、篠原さんの気持ちは……だから今すぐ返事してくれとか言わないから」

日下部はほほえんだ。

「でも今日だけ、僕にチャンスをくれない？　篠原さんを笑顔にするチャンス。僕、全力でがんばるから」

「……ありがとう」

日下部は、うれしそうに笑って、スマホの画面を確認する。

「じゃあ、次へ行こうか。ビーナステラスは歩いていくのはちょっと遠すぎるから、どこかでタクシーを拾わなきゃ」

「…………」

はりきって歩きだした日下部の背中を、エリカは数秒の間見つめていた。

そして、息をひとつはいて、彼に走りよる。

「……ごめんなさい……！　ビーナステラスには、あたし、やっぱりひとりでいきたい」

「……え？」

ふりかえった日下部に、エリカは心からあやまった。

「こんなによくしてもらったのに、あたし、本当にひどい女だよね。でも自分でもどうにもならないの。あたし、まだどっかで恭也くんのこと、信じてる。もしかしてって思ってる――だから」

ビーナステラスでひとりで待っていたら――もしかしたら恭也が来てくれるかもしれない、と。

「本当にごめんなさい……！」

「あやまらないで」

日下部は、さびしそうに笑った。

「僕はわかってて告白したんだから。だから大丈夫」

そう言って、もう一度スマホを見る。

「じゃあ早くいかないと。もうすぐ日が暮れるよ。夕陽を見る約束だったんだよね。僕はホテルにもどって、先生たちにうまく言っておくよ」

「日下部くん……なんでそこまで」

また涙がにじんでくる。

「言ったでしょ。僕は、好きな人が喜ぶ顔が見たいんだ」

「ずるいよ、そんなの……」

あいかわらずやさしく笑う日下部に頭をさげながら、エリカはぽろりと涙をこぼした。

そのころ。恭也は、神谷と八組の女子たちと一緒に、三宮の繁華街を歩いていた。

かわいらしい雑貨店やスイーツの店を通るたびに、きゃあきゃあとはしゃぐ女の子たちにうんざりしながら、恭也はふと、向かいのペットショップを見る。

ショーウインドウに、カラフルな犬の首輪が飾られていた。

『ほんと？　うれしい！　大事にするよ！　好きな人にもらったってだけで、もう特別だもん』

エリカの笑顔がよみがえってきて、恭也は顔をゆがめる。

『あたし、完璧なデートコース考えるから！』

自由時間のデートをOKしたとき、跳びはねて喜んでいたエリカ。ていねいにつくられた手書きのしおり。

「俺……何やってんだ……」

思わずそうつぶやいたとき、ポケットの中でスマホが鳴った。

電話の着信音だ。

「……！」

エリカか、と、よく画面も見ずに耳に押しあてる。

『あんたってば、ほんとダメね』

その声は、怜香だった。

「姉貴……」

女の子たちが、だれ？　とのぞきこんでくるのをかわしながら、恭也は歩道の隅に寄る。

『エリカちゃんから留守電入ってたの。かけなおしたんだけどぜんぜんつながんなくて』

「だからなんだよ」

イライラと言いかえす恭也の声に、怜香はなにかを察したらしい。

『この間東京で会ったとき、エリカちゃん、あんたのこと〝やさしい〟って言ってた』

「…………」

『わかる？　あの子はあんたがいくらひどいこと言ったって、ちゃんとあんたの本心、見ててくれたの！　必死にわかろうとしてくれた』

だまっている恭也に、怜香はさけぶように言った。

『大切な気持ちは、ちゃんと言葉にしないと伝わらないんだからね！　どんなひどいことしようが結局おっかけてくるだろうなんて、タカくくってたら大まちがいよ？』

「うるせぇな。わかってるよ、そんなこと！」

乱暴に通話を切り、恭也はくちびるをかむ。

わかってる——いや、本当はわかっていないのか。

自分は、なにがしたいのだろう。

ずっと思っていた。人の気持ちなんて信用できないと。

両親が別居を決めたとき、恭也は泣かなかった。

ただ、これが現実なんだと思った。

どんなにうわべをつくろっても、愛してると誓っても、人の心はいつかは変わる。

みんなウソだし、一時の気まぐれなのだ。

エリカに彼氏のフリをたのまれたとき、引きうけたのはなぜだろう。

ウソつきで見栄っぱりな女を困らせたかったから？

ヒマつぶしとか言いながら、彼女の芝居に付き合いつづけたのはなぜ？

気まぐれにやさしくしたり、またつき放したり、自分はなにがしたかったのか？

(俺は――なにも信じられない。俺自身のことも)

信じたいとも思う。でも、信じるのは恐ろしい。

どんなにつらく当たっても好きだと言いつづけるエリカに、少しずつ気持ちがかたむいていく自分が許せなかったのかもしれない。

エリカを試して怒らせて――そうして、やっぱりほら、人なんか信じられないだろう、と、自分を納得させたかったのか。

「……くそっ」

なにもかも腹が立つ。

スマホのアドレス帳から〝犬〟を呼びだす。タップする。

『おかけになった電話は電波の届かない場所にあるか、電源が入っていないためかかりません――』

「出ろよ！」

歯を食いしばる。本当に――なにもかもに腹が立つ。

「やだ、こわい顔」

とりまきの女子のひとりが、恭也の腕をひいた。

「ね、カラオケ行かない？　神谷くんが予約入れてくれたの」

少し先で、神谷がニヤニヤと手をふっている。

数歩だけ歩きかけたが、恭也は女子の腕をふりほどいた。

「……行かねぇ」

「えっ？」

恭也は、そのまま走り出した。

エリカのつくったデートコースでは――ビーナステラスで夕陽を見ている時間だった。

16. 好きだよ

「くるわけ……ないよね」

エリカは、ビーナステラスの鉄の柵に寄りかかりながらため息をついた。

神戸は海と山に挟まれた狭い街だ。市街地のすぐ北にそびえる山の中腹につくられたこの展望台からは、美しい神戸の街並みとそのむこうに広がる海が見わたせる。今まさに、夕陽が海へ落ちていこうとしていた。

エリカは、ポケットに入れた南京錠をにぎりしめる。

うしろには『愛の鍵モニュメント』があった。遠くから見ると、銀色のパイプでつくられた大きなタマネギのように見えるが、解説によるとそれは、四つ葉のクローバーを逆さまにしたイメージなのだそうだ。クローバーの葉脈を表すように渡されたワイヤーに、たくさんの南京錠がぶらさげられている。今も二、三組のカップルが、楽しそうに鍵を掛けていた。

オレンジ色に染まる展望台。そこから下の道路へ8の字を描きながらゆるやかにつづく、ビーナスブリッジと呼ばれる陸橋の上にも、何組かの男女が肩を寄せあっている。

「……」

エリカはさびしく笑うと、カバンを肩にかけ直そうとした。

「……あっ」

そのとき――エリカは気づいた。

「ストラップが……ない！」

カバンにつけていた黄色いカメがなくなっている。

「やだ……どうして!?」

あわててカバンの中をかきまわしながら考える。動物園にいたときはたしかにあった。

それから――……

「そうだ、あのとき！」

南京町で男の人にぶつかってカバンを落とした――あのとき落ちたにちがいない。

エリカは、歯を食いしばると、ビーナスブリッジをかけおりていった。


そのしばらく後。

駐車場からテラスへつづく急な階段を、恭也がかけあがってきた。

もう真っ暗になっていて、眼下には神戸の夜景が美しくきらめいていた。だが寒い季節のためか人影はない。もちろんエリカもいなかった。

「……くそっ」

『大切な気持ちは、ちゃんと言葉にしないと伝わらないんだからね！　どんなひどいことしようが結局おっかけてくるだろうなんてタカくくってたら大まちがいよ？』

姉の言葉をかみしめる。

(わかってんだよ、そんなことは！)

冷たい風にあおられながら、恭也はスマホの画面をタップする。

『おかけになった電話は電波の届かない場所にあるか、電源が入っていないためかかりません――』

「いいかげん、出ろよ!!」

恭也はさけびながら、タクシーを待たせたままの駐車場へともどっていった。

「あれぇ？　佐田くんどうしたの？」

ホテルに戻り、ロビーに入ったとたん、ニヤニヤしながら神谷が歩みよってきた。

「さっきは急にいなくなったから、女の子たち残念がってたよ？」

しかし、恭也は神谷を無視すると、ロビーのすみのソファでしゃべっていた手塚とマリンに近づいていく。

「エリカは？」

「えー、知らない」

手塚は首をすくめた。マリンが身をのりだす。

「まだ帰ってないっぽいけどね。ってか、付き合ってないって聞いたんだけど？」

小さく舌打ちをした恭也に、うしろからまた神谷が、なれなれしく肩を抱いてもたれかかってきた。

「エリカちゃんなんか、どこにでもいるような女の子のひとりじゃない。佐田くんほどの男がこだわる理由なんかないでしょ？　もっと人生楽しもうよ。ほらコレ見て」

神谷は自分のスマホを恭也の手に押しつける。アドレス帳の画面がひらいていた。

「こん中に、女子のアドレス、三百件以上入ってんの。しかも、みんな呼んだらすぐくる子ばっか。つまり俺は、佐田くんより三百倍、人生を楽しんでるってこと！」

恭也は、それをだまって聞いていたが、やがて、さもおかしそうに笑いだした。

「……いや、計算ミスだろ、それ」

「……は？」

「好きでもねぇ女いくら集めたって、ただのゴミ山だろ？」

恭也はゆっくり神谷をひきはがす。

「おまえ、そん中にひとりでも、本気で守ってやりてぇって思える女、いるのか？　自分のこといちばんわかってくれてるって思える女、いるのかよ」

神谷は、あぜんとして恭也を見ている。恭也はつづけた。

「いなくなるかもしれないって思ったら胸が苦しくなる、そんな女いるのか？」

恭也は笑った。神谷の顔がおかしくて。

それは、自分自身への笑いでもあった。

神谷は何度も言った。自分たちは似ている。同じ人種だと。

恭也は否定した。俺とおまえはちがう、と。

でも今ならわかる。やっぱり同じだった。少なくとも、以前の自分は。

「おまえにもそのうちわかるよ。本当に大切だって思えるヤツに出会えればな……」

「……そんなわけない」

スマホの画面を何度かタップしたあと、神谷の手にもどしてやる。

「いや、わかる――俺だってわかったんだから」

「……ふざけんな、って、あー！　全部消したな!?」

女の子たちのアドレスがフォルダごと消えている。

神谷はあっけにとられつつ、思わず笑ってしまった。

それをふりかえりもせず、恭也はホテルを飛びだしていく。

「へえ……意外とマジじゃん……」

マリンと手塚は、恭也のうしろ姿を見つめながら、おどろいたようにつぶやいた。

「あの子なにしてんやろ。ゴミなんかあさって」
「ほんまや、汚ぁ」

通りすがりの人たちがひそひそとささやくのが聞こえたが、エリカはそれどころではなかった。

もうあたりは真っ暗だ。南京町は、その名のとおり中国ふうの店の看板やカンテラがあかあかと浮きあがり、異国情緒を増していた。

街灯や提灯で道は明るいけれど、やっぱり端のほうはよく見えない。

エリカはさっきパンを食べていたあたりをはいつくばってさがしまわったが、ストラップは見つからなかった。

ならんでいる肉まんやアイスの屋台の横に、おおざっぱにまとめられたゴミ置き場がある。もうあとはそこしか考えられない。

エリカは、地べたにしゃがみこみ、ゴミ袋をほどく。

「ねぇちゃん、なにさがしてるんかしらんけど、もうやめときや」

「そやそや、服も顔もどろどろやがな」

親切に声をかけてくれる人に礼を言いながら、エリカは歯を食いしばっていくつめかのゴミ袋をあけた。

「……あった！」

奇跡か。だれかに踏まれて汚れていたが、それはたしかにあのストラップだった。

「……よかった……」

汚れを手で払いながら、エリカは涙ぐんだ——そのとき。

「なにしてんだよ、こんなとこで」

ふいに声をかけられ、ふりかえる。

「恭也くん……」

そこに、恭也が立っていた。

「ウソ、なんで……？」

「なんで、じゃねーよ！　このバカ犬！　スマホの電源切ったままふらふらしやがって！

なにかあったらどうすんだよ！」

「……だって、ストラップ落として……それで」

「ストラップ」

恭也はあきれた顔で、エリカの手にある汚れたカメを見た。

「おまえ、そのためにゴミあさってたのか」

「そうよ！　だって、ウソだってなんだって、あたしにとっては恭也くんとの大切な思い出だもん！」

「……とことんバカだなおまえ」

ため息をつく恭也に、エリカは少し笑った。

「あたし、決めたから」

ひとつ息を吸いこんで、それからきっぱりと言う。

「あたし、オオカミ少女やめる。……っていうか、やめた」

「…………」

恭也はだまっている。

「もう彼氏のフリ、してくれなくていいってコト」

エリカはなるべく明るく聞こえるように声を張りあげた。

「なんかもうつかれたんだよね。いろいろと、傷つくのとかけっこう体力いるしストレスたまるし。バカだなあたし、もっと早くこうしていればよかった」

声がふるえる。

「ほんとバカだよね。彼がいなくてハブされるのがイヤで……不純だよね。いつの間にか本気で好きになって、恭也くんとの散歩がほんと楽しくって、ウソでもいいからそばにいたいって思って……ほんとごめんなさい」

ぽろぽろと涙がこぼれてくる。本当にバカだと思う。

「じゃあ、これで俺とおまえは赤の他人になれるわけだ」

恭也がぼそりと言った。

「うん。しつこくてごめんね」

「……おまえ、そんなの通ると思ってんの？」

「は？」

さげた頭を思わずあげると、恭也が眉間にシワを寄せている。

「だから！　犬のくせに勝手に逃げていいと思ってんの？　ご主人さまに水ぶっかけたり、

『死ね』っつったり」

「だから、もう犬はやめたって……！　それにあれは自業自得じゃ……」

恭也は、大股にエリカに歩みよった。いきなり右手を顔の前にさしだす。

「おまえ、いいかげん調子にのってんじゃ……！」

デコピンか！　と、エリカは思わず目をとじた。

だが——そうではなかった。

恭也の手が、ふわりと首にまわされ——なにか冷たいものがふれた。

「……!?」

あわてて目をあける。

首に——小さなハートのペンダントがかかっていた。

「……首輪。さすがに本物だと、俺の趣味がうたがわれるからな」

「…………」

恭也は、イヤそうな顔で目をそらしながら言った。

「これでおまえは俺のモンだって印だから。絶対忘れんな」

かあっ、とほおが赤くなる。

胸の奥から、熱いものがこみあげてきて、さっきまでとちがう涙があふれそうになったけれど、エリカはそれをグッとのみこんだ。

「わかんない」

「は？」

「あたしのことどう思ってんのか、ちゃんと言ってくれなきゃわかんない！　だって今まででさんざんひどい目にあってきたんだよ！　ちゃんと言ってくんなきゃ……」

「うるせー口だな」

さけぶエリカを、恭也はいきなり抱きよせた。

そして——その口を、自分の口でふさいだ。

いきなりのキスにエリカは目を見ひらく。

「…………」

涙がにじんで、こぼれ始める。

「…………」

ゆっくりとエリカをはなして、恭也は言う。

「泣くな、バカ」

「だって……」

エリカはふるえる指で、首のペンダントにふれた。

「ありがとう、絶対大切にするから……」

恭也は、そんなエリカをまた抱きよせて、そっと耳元に口を寄せた。

ほとんど聞きとれないような小さな声で、でもたしかに、好きだよ、とささやく。

「えっ、今、なんて！」

おどろきのあまりかたまったエリカに背をむけ、恭也は歩きだす。

「帰るぞ」

エリカは、しばらくそこに立ちつくしていたが――はじかれたように恭也にかけよると、そのうしろ姿に飛びついた。

「ねえ、もう一回言ってよ！」

「ほら行くぞ！」

ふりむきざまにデコピンされた。

でも、もう痛くない。

笑ってしまう。

「待ってってば！」

「うるせぇ！」

恭也はあいかわらず口が悪いけれど、もう腹も立たない。

だって――子どもみたいな顔をしているのに気づいてしまったから。

「走るぞ！」

「待ってってば！」

海へとつづく坂の街の夜は、きらきらと光で満ちていた。

終わり

この本は、映画『オオカミ少女と黒王子』(二〇一六年五月公開)をもとにノベライズしたものです。また、映画『オオカミ少女と黒王子』は、マーガレットコミックス『オオカミ少女と黒王子』(八田鮎子/集英社)を原作として映画化されました。

オオカミ少女と黒王子
映画ノベライズ みらい文庫版

松田朱夏 著
八田鮎子 原作
まなべゆきこ 脚本

ファンレターのあて先
〒101-8050 東京都千代田区一ツ橋2-5-10 集英社みらい文庫編集部
いただいたお便りは編集部から先生におわたしいたします。

2016年 4月27日 第1刷発行
2020年 9月15日 第6刷発行
発行者 北畠輝幸
発行所 株式会社 集英社
〒101-8050 東京都千代田区一ツ橋2-5-10
電話 編集部 03-3230-6246
読者係 03-3230-6080
販売部 03-3230-6393（書店専用）
http://miraibunko.jp
装丁 片渕涼太（ma-h gra） 中島由佳理
印刷 図書印刷株式会社 凸版印刷株式会社
製本 図書印刷株式会社

ISBN978-4-08-321314-4 C8293 N.D.C.913 186P 18cm

ウソカレ!?

放課後、きみがピアノをひいていたから
〜運命〜
柴野理奈子・作
榎木りか・絵
ピアニストへの夢を強くした風音。
コンクールにむけてあせってしまい、
せっかく入った運動会の応援団を
やめようかどうか悩んで…!?
大好評発売中!!

「みらい文庫」読者のみなさんへ

言葉を学ぶ、感性を磨く、創造力を育む……、読書は「人間力」を高めるために欠かせません。

たった一枚のページをめくる向こう側に、未知の世界、ドキドキのみらいが無限に広がっている。

これこそが「本」だけが持っているパワーです。

学校の朝の読書に、休み時間に、放課後に……。いつでも、どこでも、すぐに続きを読みたくなるような、魅力に溢れる本をたくさん揃えていきたい。読書がくれる、心がきらきらしたり胸がきゅんとする瞬間を体験してほしい、楽しんでほしい。みらいの日本、そして世界を担うみなさんが、やがて大人になった時、「読書の魅力を初めて知った本」「自分のおこづかいで初めて買った一冊」と思い出してくれるような作品を一所懸命、大切に創っていきたい。

そんないっぱいの想いを込めながら、作家の先生方と一緒に、私たちは素敵な本作りを続けていきます。「みらい文庫」は、無限の宇宙に浮かぶ星のように、夢をたたえ輝きながら、次々と新しく生まれ続けます。

本を持つ、その手の中に、ドキドキするみらい――。

本の宇宙から、自分だけの健やかな空想力を育て、〝みらいの星〟をたくさん見つけてください。

そして、大切なこと、大切な人をきちんと守る、強くて、やさしい大人になってくれることを心から願っています。

2011年　春

集英社みらい文庫編集部